真中朋久歌集

SUNAGOYA SHOBŌ

現代短歌文庫

砂子屋書房

真中朋久歌集☆目次

『雨裂』（全篇）

Ⅰ

『エウラキロン』（全篇）

歌論・エッセイ

解説

真中朋久歌集

『雨裂』（全篇）

I

丹波太郎

丹波太郎、山城次郎、近江三郎はいづれも雷雲の呼称である

山越えの風にふるへる大枝を寒の夜尿《ゆばり》しつつ思ふよ

雪解けのみづ走りゆき何もなき空葬《からとむらひ》の春は来にけり

朝より思ひ出せぬことひとつあり微雨すぎてのち匂ひたつ土

海溝のふかきところに淡あはと降るもののひとつとして黄砂も

杭打ちてびんびんとくる岩盤の応答はただたのもしきかな

細流《リル》あつめ雨裂《ガリ》ひらきゆく源頭に降るみづの音待ちてゐるなり

右岸のみ水波まさるさみだれの川轟々と左折してゆく

雨あとの不安定なる堆積が流れるみづにまた食はれたる

研究者になるまいなどと思ひゐしかのあつき日々黒き向日葵

あるいてもすわってもただ夏の風　夾竹桃のくれなゐの花

大いなる尾翼屋上にはみだして見ゆ　空港の空は泣きたい

日だまりの石ころのやうにしみじみと外勤の午後のバスを待つ

昼過ぎの自動改札時折は空鋏《からばさみ》とてからだ揺するか

西陽あびてシルエットなす車掌室窓外にレールかがやきてをり

午後三時県境に雲影《エコー》あらはれて丹波太郎は今生まれたる

うつくしき黄昏に遭ひたしなどと思ひをりしも雨に昏れたり

川　尻

はじめての挽歌を我につくらせし人そののちをわが胸に住む

君失ひしわれら遠足のごとく漁港のまちに行く　見送りに

乱れつつ頭上ゆく雲照りかげりゆるゆると喪の列は進みぬ

赤き根の細きを水にあそばせて柳は羞しきことを思はず

川尻に立ちて思へば未来とはいつも茫洋と海のごとしも

秋は省略

葛城に雲かかりをり会へぬまま僕は特急に乗つて帰るよ

兄弟のごとく愛すといふことの距離あやまてりひとり育てば

のみどまでのびてくる舌ふせがねばならぬ魔女とのディープキッスは

彩雲は天頂にあり監視さるるごとき心地に道を横切る

大いなる唇そらに浮かびをり夕暮れの坂かけ降りてゆく

なにゆゑの涙か知らず流るるを唇をもてせきとめてをり

このごろはあざやかな夢ばかり見る　昨夜太陽に柱ありたり

「こちらでは秋は省略すぐに冬」君の手紙が獄より届く

月　象

上弦にいまだならざる月しづむ三日月といふ細さにあらず

Mondsichel（独）、luna crescente（伊）、月牙（中）

濁り水に住む魚のごとゆらゆらと月の姿を見むと背を伸ぶ

雑踏に踏みしだかるる石畳いちまいの石が月を恋ふるよ

トラックの荷台より落ちしひとつかみほどのボルトとナット耀ふ

愛恋の類型を越えゆくことのつひにあらざることのやさしさ

交差点ポールかざせる電車ゆく幻の一角獣のごとしも

対旋律

右耳をかるくふさげば群声の中にわが声ほそくあらはる

たはむれに対旋律をたどりゆくわれ斉唱に従ひがたく

朝礼の生徒ら立てり杉苗のごときあやふさひとりづつ持ち

チャンプルー

砂の上に寝ころんでゐる僕たちと海のむかうの開戦の報

Love Wars あまたくぐりて来しからに夏の夜の砂なべてつめたし

足裏ににじみくる水　濡れた砂を踏み汀線をたどりゆくなる

祖父の若き日に島を出でしゆゑかかはりはあらざれど沖縄《うちなぁ》

沖縄《うちなぁ》は沖縄《うちなぁ》字幕スーパーでガジュマルの木陰の愛語を追へり

藻に濁る川見てをればつばさもつものの影ひとつ吾を越えてゆく

僕ならば隠すだらうモンスーンの雨のまだ来ぬみどりのなかへ

北緯二十五度の陽ざしをさへぎりて気根くろぐろとそよがせてをり

三線《さんしん》を蛇皮線と呼ぶ旅行者をかなしみにつつもう一度言ふ

月光はたかく照りをり潮騒にまぎれもあらぬ三線の音は

昨夜《きぞのよ》に飲みたる量《かさ》を示しつつ酒壜の立つテーブルのうへ

読めざるは読めざるままに母よりの手紙を箱の底にしまひつ

「家庭料理」よりも「日常食」と言ふべきものであらう。豆腐と野菜を炒めるだけなのである。

祖父もかくのごとくにチャンプルー炒めたりしか島出でて来て

東京の豆腐はやはしびちゃびちゃになりてしまひしチャンプルー食ふ

はじめての心で読むよ神《シン》保町《ホチョウ》、神田《シンデン》さぶしさぶし東京

pH3・6

湖の上の観測塔までのぬるきみづ藻を蹴りながら泳ぎ渡りし

あぶら照り照りかへし凪ぐ湖のうへ湖底の水温書きとめてゐつ

漕ぎゆきて湖心へふかく採泥器《サンプラ》を降ろせよ泥のやはらかきなかへ

泥をかむ手応は綱をつたはりてみづの底より届き来たりぬ

孤立波《ソリトン》のはしる浜辺に声あぐる教授は都会育ちなるらむ

冷房はわれらのためにあらざれば電算室に防寒衣着る

冷気満つる電算室にぬくもりのやうなもの持つ箱ならびをり

腹痛を堪へてをればわが視界海上強風警報《ゲイルワーニング》の海ほどに荒れる

網膜のごとくひろがる枝のうちに一叢の若葉ともりつつあり

積雲の距離感もちてつらなれる空は地表にただに平行

ゆたかなる体軀を持てる羊群通りすぎたるのちの虚《おほぞら》

休日のオフィスに来たり窓ぎはの昼のぬくとさ　まづ味ははむ

気団既に秋のものなり冴えざえと月の光は全天に満つ

虹消えてしばらくののち日照雨降るここにかかれる虹もあるらむ

雨あがりの果実のごとく試料容器《ポリビン》を籠に集めて帰り来にけり

pH3・6の雨にぬれひかる梢をまぶしみてゐつ

背景の水

せうせうと降る雨のなか首ふりてゐる馬あらむ水を吐きつつ

アメダスの雨量分布を画面上呼び出しつ。まだ雨は止まざる

雨マーク、晴マークなどならべつつ思ふいにしへの雲の紋様

曇天と晴天のその境界にゐて実際の空を見上げる

湯をそそぎゐたりし時にかろやかな音たて
て割れるガラスのうつは

不意に日ざし降りこぼれ来つ雨だれの残る
窓辺のきみ　影となる

樹冠には烏天狗の気配ありておぼろおぼろ
に飛行する夢

垂れ込めた雲さし通す朝光のいづこの辻を
照らしゐるらむ

病のごと芽ぶく公孫樹のすこやかさ恐れつ
つ春の舗道をあゆむ

かの日吾を打ちし教師の沸騰を鍋見るごと
くわれは見てゐつ

翻弄をされてひと日は暮れてゆくひるがへ
りひるがへり蝙蝠

擾乱は洋上にありむらむらと雲たてて陸を
さがしてゐるか

前年の気象概況たどりつつよみがへりくる
日々のくさぐさ

全天に巻層雲のひろごりてあはき乳暈を思
ひいだせり

塀の外にゆれて過ぎゆく傘があり窓からは
雨降るは見えねど

葬列を見下ろしてゐつ傘ふかくさして雨降
る坂の上より

モナリザの背景めぐる水、水は今し路面を
はげしくたたく

父島

ががんぼのふるふるとわがめぐり舞ふ無用
となりしのちのごとくに

にんじんの畑のやうな君のその世界のなか
に足踏み入れる

さかしまにして飲み込まむだくだくとペッ
トボトルを脈うたせつつ

草の上に転がされてもすぐにまたとびかか
りくる子とは恐ろしき

昨夜《きぞのよ》の脱衣所に見し刺青ぞ絆創膏にまもられてありし

天使にも階級といふものありてANGELI E ARCANGELIなどと　天使および大天使

サンタクロースにならむとて来し夜の街憐れまるるほどに酔ひゐし

父島のあかるき景色語りつつきみはグラスを宙にとどめる

ふたたびを島に赴く君なれば引越しの荷も簡潔にして

耳を洗ふ

判決を報ずるニュース途中から聞けば肝心なことがわからぬ

被告人の歌読まるるにアナウンサーことばのながれとどこほりをり

ホルマリン手にこぼしたりそののちはばちばちの膚とならむ四、五日

春暁の野末を長き列車ゆくコンテナを乗せぬ貨車もまじへて

さめて思へば奇怪《きつくわい》な夢ぼろぼろと抜け落ちた歯が掌のうへにあり

青芝のやはらかきうへ寝ころんできみのことばのはげしかりにし

髪のなかに指さし入れてこはばりし兄の世代の耳洗ひをり

もろ手もて頭をささへつつ首落とすまでにちからを加へたりしか

マグデブルグの球

西空の月が日ごとに高くなる外勤の週の今日は金曜

敷石のつぎ目つぎ目に揺られゐる影ひきて夕暮のこころは

誰がせし〈歌のわかれ〉か書き込みの多き歌集が箱で売らるる

職退きてはじめて気づく庭の木の芽ぶきのさまを言ひいだす父

内側のむなしきゆゑに分離せぬマグデブルグの球かもしれぬ

雲頂

ひとり住む君の屋根のみうつすらと雪つもりをり明けてしばらく

プラチナのやうに輝く雲の下しぐれて低く淡き虹見ゆ

勤務時間果てたるのちの書庫ふかく戦時マル秘の文書繰りてをり

大陸の寒冷のさま記述して秘密報告とぞ刷られたる

雲頂の青空に溶けゆくやうに見えて時雨は雪に変はりぬ

傘のうへふはふはと音させて降る雪の朝に耳たててゆく

冬の窓のひかり集めてひもときぬ借りて来し本のなかに花びら

春の夜のうた

春のうたアルトで歌へ吾も少し遅れてあはすオブリガートで

大き息吹き上げてまた沈みゆく鯨になつた夢を見てゐし

くねくねと踊る音符のこのかんじバッハ自筆の譜をたどりゆく

グランドピアノの中に海があるといふならば

アップライトピアノの奥の弦の滝に水はしる春の歌をうたはん

*

不意に響くクラリネットの鳥の声　夜ふかく弦の林のそよぎ

冬鳥のゐなくなりたるその週のなかばに逝きしオリビエ＝メシアン

石

なんのための石であらうか月光のみじかき
影のうへに置かれて

ウミガメの雌は精子をたくはへると聞きて
それより少し恐るる

布靴に草の実つけて帰り来し私を児のやう
だと言ふか

それが俺の汚点となるかならざるか踏みと
どまりてぬれてゆく靴

ソウルより送られて来し暦表《カレンダー》七、八月に梅
雨の絵をもちて

明日は雨と書きいだしつつ概況は恋文のや
うに滞りをり

君の名の署名の残る原稿を五年保存ののち
に処分す

闇のうさぎ

後頭を樹幹に当てて目をとぢる山の知識の降りそそぐまひる

炎天を歩めば熱きぬばたまの地下足袋のさき見つつゆくなる

みづおとの満ちゐる谷に下り来て大岩の上に小鉤を外す

大岩を抱きてねむらむ真昼間陽をあびてぬくき大岩のうへ

いもうとに恋あらざりし　白き衣をひろげて風になびかせてみる

影あはき水面にしてその影は水底の泥にほのかにしづむ

雨のなかハモニカを吹く男あり作業なき日のひるのいねぎは

プレハブの屋根打つ雨の音聴きてゐたりしが眠りこんでしまへり

一杯のビールのなかにひろがれる雲　塩のつぶ撒きてたのしむ

雨しぶく林道左右に揺れながら思ふ　稜線
は雪であらう

くらやみにうさぎあらはれしばらくの間を
林道に沿ひてゆきたり

酒呑童子

雪の日の酒呑童子は酔ひをらむみづゆきは
北山を越え来ぬ

雪国の生徒なるらむさにつらふをとめらは
今し京極をゆく

わたくしは葦笛である風つよき日にはひう
ひう歌ひいださむ

給湯のあをき炎は揺れはじむ見るものなく
て見つめゐたれば

ミランコビッチの気候変動説をたどる

七十年後のこの春も火種絶えず　セルビア
のミランコビッチ思ほゆ

君が火を打てばいちめん火の海となるので
あらう枯野だ俺は

乱れつつ愛宕詣にゆく雲のやがて雨滴をこぼしはじめる

古いものはみな過ぎ去りて歌はねばならぬおまへが歌ふのである

迷鳥の飛来を告げしきみのこゑの用件となりしづまりてゆく

散歩する老人の足あたらしき運動靴の白が歩める

はららぎて定まりがたし窓外の桜一樹を含む景色は

最終の〈のぞみ〉か遠き野をゆくは時折あをき火花ちらして

技術的なはなしとなりて長くなる技術屋の性を愛しはじめる

おほぞらの見えぬ雲雀を捜しつつ光のなかにとりのこされし

ランドサット

掌のなかの青き蜥蜴を草に戻して裏庭は夏の陽のなか

風の道となりたる堤かけ降りてルネッサンスを俺は迎へる

紫の色鉛筆でたどりゆく渦なして消ゆる風のゆくさき

あやぶみて見てゐる兄の心にもなり得ずきみの恋を聞きをり

下駄放つて晴雨占ふゆふまぐれ世界の田舎だつてかまはぬ

夏の月は深ぶかと部屋にさし入りて発光する君の白いシャツ

しののめの闇に裸身はほのかなりことばなく吾を踏み越えてゆく

舟のごとく水分けて来しトラックのはね上げし水は歩道を洗ふ

老いてなほ火をつぎてゐる原子炉のなつかしき火の香りと言はば

氷とけて薄くなりたる酒にまた酒注ぎをり夏は果てなむ

十六日周期で頭上通過するランドサットの視野に入りたり

病みながらなほ傾きを保ちゐる惑星のその薄皮をむけ

敗戦処理投手のやうに引き継いでデスクのうへの灯をともしをり

葉脈のさだかならざる梛の木の径へだてつつ雌雄向きあふ

II

技術とは

寄ってくる鯉にひとさし指などもしやぶらせてみて庭は底冷え

ガスの火を閉ぢつつ仰ぐ北向きのすりガラスには冬の青空

技術など乗り越えられて古りゆくとうしろから言ふこゑにあらがふ

大気汚染測定局の屋上に南京黄櫨の実がはぜてゐて

樫の木のそびゆるとなく翳ふかき裏庭に手を念入りに洗ふ

アメフラシの貝殻のやうに残りたる記憶かわれをよろめかすのは

凍てついたふかきわだちを乗り越えて前の自転車が走り始める

どのやうに生きても親は桎梏となるほかはなく北の空けぶる

鹿のこゑさむけくひびく明け方の身のうちがはを蹴つてゆく足

いくたびか小さき危機を躱しつつ湯を満たしゆくまるき金盥

泡ばかり噴きこぼれゐるグラスへと唇よせながらまなこあげたり

小綬鶏か鶉か知らず冬の野の枯れ色のなかに消えてゆきたり

NULL

井をふさぐ蓋におほきな石を置きざんざんと降る夜をこもりをり

確からしいことなどなくて草の葉の揺れゐるうへに巣をかける鳥

ゆるくゆるくつたはり来たるかなしみにやがてちからを抜かれてしまふ

鶏小屋のやうな学生食堂で逢ひしはあれは十二年まへ

肩ごしに見る夜の市冷えびえとまだ開いている店の灯の色

ゆつくりととどまることができるならシステムにただNULLをかへして

視野はやや深くなりたりくらがりは塩ひとつかみ残る壺の底

鋲を打つ

しづめつつなほあばれだす心とも思へば風
の夜のくさはら

死の近くありたる日々にわが傍すりぬけて
ゆきしひとのことなども

学説にすぎぬことをも引きながら説くべき
はその谷の風の屍

鋲を打つ音のにぶきを思はせてジーパンの
腰、その背を支ふ

手をつけてゐないジグソーパズルなど箱の
まま積んである棚のうへ

からたちの実の黄金のひそみゐて植ゑ込み
くらく池をめぐれる

目を閉ぢて聴くものでない天井から煙のや
うに漏れてくるこゑ

もう砂は乾いてゐるが月光が来ててらてら
とひかりはじめる

吹き流し

狂女もの二本続けて見たあとの明け方の窓のごとき静けさ

吹き流しのあばるる午後を帰り来し消防のヘリは尾を廻しゆく

見る男に徹してわれは強風に揉まるる春の楠木を見る

水門のむかうの水の輝きをしばし見てゐて深く息を吐く

もつと低く踏み分けてゆく芦原の消え入りさうなこころざし持ちて

この冬の最後の鍋に餅を入れふたたび煮えてくるまでを待つ

たはむれのごとくふくらむ春のつちに桜が咲いたら出て来てもいい

驢馬の仔

係留されてゐたる艀が打ち合へり防潮堤の
内を歩く犬

食前のながきいのりをはじめたる老婦人そ
のヘア・ダイの黒

感染症病棟につづく廊下からかつかつとひ
びき女医あらはるる

ゆふばえの窓くらみゆき今日もまた回診に
来ぬ Dr. 江口

二度三度裏切ることのそのはじめでありし
か樹下にひとを待たせて

踏切を渡る車の窓ならむ時折り揺るる陽炎
のむかう

あと二件まだ残りゐる外まはり夕闇の一文
橋を越える

鶸のころ聴きしは昼のすこしまへ恋に愉悦
があるなんて嘘

雨の夜にたどりつきたる驢馬の仔を深き礼
もちて迎へいれる

昼の鹿のこゑ

森に沿ふながれはここで田のなかへ割りて入りゆく　螢灯りつつ

子の旋毛のやうだと思ひもう一度細線にかへて台風を描く

切先のわれに向かひてゐるなどと思はねど刃をむかうに向ける

なんといふ平和な寝顔死ののちの肉体を見るやうにまたぎぬ

ひと本の樫を育てゐるバルコンの隅　月光の明暗しるき

洞ヶ峠いつか越えたり追ひ越してゆく〈軽〉助手席の大きぬひぐるみ

男山のやさしい肩にさしかかる明け方の月あれはをとつひ

オクターヴ下げてちひさく呼びかはしみぞれのやうな恋をせしかな

のびやかな低音域のきみのこゑの海風《かいふう》に変はる頃と思ひぬ

旧道に下りてゆくバスの窓に触れ枝先の烏瓜がゆれる

昼の鹿のこゑ聴きしことなしゆつくりと疎林のなかを群はうつりゆく

みどりなるみづどの深さまで明るいか大亀の背の消えてゆきたる

青き機関車

通ひなれたルートだから旅といふ感慨はない

乗車券あらためてゆきし濃紺の車掌のうしろ銀の尾が見ゆ

坂のうへに橋ある街にいく年か住み慣れて谷の家を思へり

かびくさき父母の家いでて川沿ひに下りぬ春の海はまだ荒き

そこのみがあかるき港夜の田のむかうにクレーン二基うごかざる

いくたびか死を拒みたるいもうとのその冬の日の窓の日ざしを

寝台車の通路はいつも日本海のかすかな海の気配を帯びて

肩の小屋その背後から雲湧きて屋根の布団を仕舞ひゆく見ゆ

もう父はのぼらぬだらう岩尾根を積雲がちぎれつつ這ひのぼる

夜半《やはん》すぎのホームの間《あひ》をひとつのみ青き機関車は走り過ぎにき

Angel Echo

寒気来て荒れる海峡を渡り来しフェリーその午後は欠航となる

ループバックテストのやうにくりかへす言葉にならぬ ping と思ふ

Anonymous 接続をゆるすシステムのふところふかく触れて戻り来ぬ

ゆるゆるとちからを込めてのぼりゆく蛇が石垣のうへに消えるまで

逢ひにくるやうに毎月ここに来て野末の測器の撥条を巻く

あたらしくおろすタオルは五年まへの出張先の船宿のもの

郊外の直線に入りてかすかにも後続列車の前照灯見ゆ

秋山を駆け下りてくるごときかな送電鉄塔は腕をひろげて

明暗のはげしき雲の走り行く湖上とぎれつつ虹はとどまる

狭すぎるヘリポート予定地を見て廻りライトバンの裾の乾きたる泥

谷筋を吹きのぼりゆく風が見ゆとパイロット言へりそのちさき渦も

Angel echo まだ残りゐるデータから読みだしぬ雨の天橋立《あまのはしだて》

非降水エコー。気象レーダにとってはノイズである。

市民とは誰のことであるのか

疲労きはまりて眠るともなく横たはる背のうへを子は二度のりこえる

湿り持つ空からはまだ降らぬまま投票所には老人ばかり

隣家から舞ひ降りてゆく羽音ありき市民とは誰のことであるのか

わがことにあらずなどとも思はねど朱の夕刊紙が高さをきそふ

先頭の扉に寄りて地下駅のホーム端から端までを見き

けぶりつつ雨は水面に吸はれゆく城東運河に背の低き船

煙突に踊る煙のしらじらと対岸に陽は射してかげりぬ

代理和音

戻らない鍵盤を指で戻しつつオルガンは大
正十二年製

「山葉」社史に虚構があると言ひつのる章す
ぎてよりの *a tempo*

地形模型あはく彩色されてゐて三月は芦火
谷のみづおと

ユーフォニウム吹くごとき春の風と思ふ南
窓をふるはせて

姉たちのさざめくごとき春の森に妻子《つまこ》率て
ゆくことの羞しさ

今日ひと日淡々と鳴りゐたりしが代理和音
のやうに夕映え

朱の墨

冷気こもる連結の蛇腹くぐり来て先頭車両
先頭の扉《ドアー》

残しゐし脚をひきあげそののちの浮遊、速度はおのづからなる

本当は男だつたといふやうな妙な夢を見し朝《あした》淡雪

粉砂糖のやうにつもれる淡雪をねむさうに言ひ深く座りなほす

深い青が出ぬと何度もくりかへし受話器に告げてすべなかりけり

朱の墨は爪の間に残りをり湯冷めしさうになりて気づきぬ

そのひとはふるへる手もて酒瓶を傾けてゐつ手を添へられて

毛髪湿度計

遠景の淡きさくらをさへぎりて鳥避《よ》けの黄の目玉がゆれる

工場の塀をあふれて降る花を乱してぞ来つ巨き車輛は

薬液を dry-eyes に垂らしつつ冷えびえと稿を打ち直したり

顔真卿の楷書のやうに書きうつすそれのみに過ぎてゆくもかまはぬ

洗浄ののちしばらくは一〇〇%を示す

湿度計の奥に張られゐる亜麻色の女人の髪を筆をもて洗ふ

いまだ色のさだまるまへの柔葉《じうえふ》を垂らしてぞ垣は庭をめぐれる

茶畑のいづこかにゐる飼猫を呼ぶこゑほそくほそく伝ひ来

業終へて業に入りゆく洗面所いづれの顔も仮面ではない

地理学者三人が寄りてそれぞれに人文・地形・気候を言へり

こゑのみをひびかせてゐしがはばたきの色あざやかによぎりゆく鳧

盛り塩

しののめの土まだ見えぬ足許にカップ麺の汁を捨てて尿せし

眼球の重さ支ふるまなぶたの南のそらに雲たちあがる

泡とともに浮き上がり来し水面の泥のごときが夏至の陽を浴ぶ

白き腹さらして蛇が流さるる蛇体の腹といふもありしか

はりがねを指にねぢとめてゆくやうな痛みはあれど黙し通しぬ

オンド・マルトノの主旋律など思ひをり資材置場に雨後のひかり

あらそひて得し何ものもあらざりきつるくさが手すりを覆ひゆく

縦に切ると横に切るのと味の違ふ葱。しろい腕のやうでもあつた

臓《はらわた》を抜かれたる樹をとりまいててんでばらばらに射干咲きゐたり

辺境に在るはそれのみが敗北に近きとぞいふこゑは上より

波の面のすれすれにゆくはばたきの橋の下ぬけて高度あげたり

東京を見よとぞ言ひし都市論を縁側に伏せて眠るともなし

hate, worst などひとりごつが聞こえ白人女性が下車してゆきぬ

片足はいまだに闇に残しゐると窓の下に立つわれを言ひたり

処置室ゆ出でて来たりし看護婦の立ち止まり掌に何か書きたり

俺が勝つたといふやうな表情のむかうの窓に Strato-Cumulus《ゆふぐれの雲》

ゆふだちの来て去りしのち店さきの塩のやまぬれてなかば崩るる

青　畳

津守より大阪市営渡船にて渡りたるさきの南恩加島

青畳にあふむけになりて聴いてゐし昼告げる遠き、近きサイレン

誤りて妻の歯ブラシを使ひしか水音にまじり責めるこゑする

わが書架の寺田寅彦全集を嘉しやまざりきガス検査技師

舎密局

「たまに死んでゐる」と言ふこゑがして自転車の子どもたちが追ひ越していつた

髭のある魚ゆつたりと水面を押しあげて来しが向きをかへたり

少年のやうな胸乳でありしこと台風逸れゆきし暁の業房に

地図投影誤差おほよその計算の辺境にゐて呼び戻さるる

桃山御陵前駅

御陵《ごりよう》駅いでて御陵《みささぎ》の見えしとき媼あり立ち上がり車中より拝す

薄青き空に向かひて勾配をのぼりゆきたり始発各駅停車

しづかなる創業記念資料館箪笥のうちの巨き整流器

そのかみの舎密局より受け継ぎし炉の朱き煉瓦つめたかりけり

砂型をいでし金属のかたまりのまだぬくき角《つの》を鑢で落とす

モノクロの海

脱衣所の壁を隔てて呼び交はす女男《めを》ありて子が三人《みたり》行き来す

ひと気なき看護婦寮と思ひゐしが草生を分けて〈軽〉が入りゆく

吊革を額に押しあててゐたりけりさつきの駅で降りた女だ

朝《あした》踏む油紋は前夜少年が単車の始動になやみゐしあたり

関西に住みて十五年　老母来て炊きくれし菜がまつくろく見ゆ

分水界越えて古都から古都へゆく私鉄郊外線に浅く眠りゐし

木津川の流路急転するあたり旧き街道に「島」の地名あり

既に失ひたる時のごとくにいとほしむ子とともに在る日曜の午後

春ごとに家族写真を送り来る　妻の旧友のいくたり

種子をもつ果実を喰ふを禁じられし病の人より封書が届く

七年は父母の寝室に置かれありしまこと小さき弟の骨

スベリヒユ、ハコベを菜《さい》に集め来し女人の髪の薄くなりたる

白木蓮《はくれん》を倒しゆきたる大風は東海に出てなほ強まりぬ

コダック「トライ-X」の粗き粒子に輝けるモノクロの海　父が撮りたる

The Little Ice Age ——小氷期

歴史観はノスタルジーと分離できぬか木の階段を従ひて下る

磨りガラスに裸木の淡き影さしてみぞれはいつの間にあがつたか

十六世紀前後はとても寒かった
ブリューゲルの描きし The Little Ice Age の暗き空よりも暗き鳥影

低気圧二つありしが〈南岸〉が深まりゆきてみぞれから雪

雪まみれのダッフルコートが重さうな息あらき少女が乗り込む

鳥柱なして鷗ののぼりゆくゆふぞらに冬の雲割れてゐて

いくたびか時雨れつつ過ぎてアメリカのせゐにするところまで戦後流

傘をさすほどでもなくて山頂にＦＭの塔が光りをり

水底に聴く音のごと読みしとぞ礼状に記さばいかに思ふらむ

落ち葉厚き雑木の尾根の裏がはに降りて来て深い穴を掘る

III

Fire Wall

義弟《おとうと》への長き返信を打ち終へて電気ストーヴを置き直したり

春靄の firewall を越えて来しあのひとのこゑ　逃げちゃダメだ

防火壁。転じてコンピュータネットワークへの不正侵入を防ぐ装置。

わが部屋に来し香港のをとめごは都市ガス使用を Dangerous と言ふ

白熱灯の温とき窓のあらはれしがやがて一棟の闇となりぬる

夜業終へて仮眠に入りし窓ならむ淡青の桜森にかこまれ

暮れきらぬ野のひとむらの菜の花とわが見しをひとは連翹といふ

そのたびに草木のさまの移りゆくを見たり三月に葬多きかな

鮎

乾きたる眼裏に鮎ののぼりゆくひるひなかバスに風が入らぬ

空をうつすみづ田の中にくれなゐの農機のつたりと横転したり

臨時の講師として教壇に立つ

虹の色から説き起こしゆく教案を書きなづみつつざんざんと夜

蒙古斑濃き弟妹を湯に入れてあやふやになりながらまた読む

あるときは街道の宿で書きしとふ連載の稿
の振幅をこそ

助手席にふかく埋もれて仰ぎゐし春うす墨
のそらの幕電

東京のころ

もはや暗くなりたるといふ東京のころ聞こ
えゐし路地を抜け出でつ

平城山を迂回してゆく快速の狭軌《ナローゲージ》のうへの
たゆたひ

大極殿復元工事は小糠雨けぶれるなかにひ
との動き見えず

しぐれたるあとの陽ざしにきららなる竹林
の辺をバスはめぐれる

ベビーカー押して校門に寄りゐたる姿がや
がて歩みはじめつ

名を知らぬ木の木陰かな子の掌ほどの葉を
ちぎりつつ小石を包む

いとまなき日々の間隙乾きたる公園のつちをかき掘りにつつ

その母は二度まで臍を失ひしと思へり雷わたる夜の子どもら

ソプラノの兄とアルトのいもうとがこゑあはせ泣きゐたりし昨夜

いづ方に与するにあらねど歌はざりし〈我愛北京天安門〉

余韻ながき晩鐘ののちのゆふぞらのやうなその後とのみ言へり

北窓のあかるき朝馬鈴薯の芽を抉りつつひとを待ちゐし

輪のなかへ入りゆきかけてふりかへり戻り来し子の手をとりぬ

不意によみがえる触感

蛇の膚のつめたきがちからをこめながらわが手中よりのがれむとすも

電話にて呼びしタクシーが路地のかどに来てハザードを灯しつつあり

蛞蝓

ひと夜かけて蛞蝓《くわつゆ》が引きし銀の紐　擁壁は朝の山を支ふ

近き畑になにか燃やしてゐるらしき地を這ふ煙を横切りにけり

伝票はカーボン複写癖のある文字にわが名が記されてあり

鍍金工場の昼ふかき闇の奥にして電球の灯にものを書くひと

けぶりつつつたはりて来しものおとのやがて灰落つるごとき夏の日

運河からたちのぼりくる水の香の重き午後遅き昼食へ

島に向かふ小さきフェリーボート

客室の木の椅子に茣蓙が敷かれありそのうへの三月《みつき》まへの女性誌

沖合より見えぬ海岸　群山のスカイラインのやさしさをのみ

自動車の走らぬ町の石畳わが持つ工具箱が鳴りをり

荏胡麻の葉の香の強さ嚙みにつつ暮れるのも早き国のはづれなる

タグボート

外気温３℃と見えて通り過ぐ県庁所在都市の郊外

横泣きの窓となりたるしばらくを抜けいでたり湖国は夕陽

祖母がその手で抱え持ち来たるわが家の初代白黒テレビ

海苔の缶たたきてゐたるをさな子がいたくしづかに眠りこみにき

しらなみのはじけたるのち壁面を滝なして下るみづのいくすぢ

暗渠よりあらはれいでし小さき川は小さき音たてて運河にそそぐ

心音のやうなる低きとどろきが近づきてわが足下を抜ける

どのあたりから海の匂ひがしただらう西陽
あまねく水面を照らす

港湾の奥にむかひて過ぎゆきしひきぶねの
残したる揺動

タグボートが尻振りながら押し止め巨き船
体が向きを変へゆく

天窓のある部屋

川むかうの寿司工場よりながれくる甘酢ゆ
き香は朝のうちのみ

対岸の石のうへには大中小亀ありて小さき
が動きたり

紅梅は濃く薫りゐて白梅の標本木のしづか
なりける
生物季節観測「ウメ」は白梅を対象とする

端子ひとつ手にはいらざる電器街苛つきな
がら人ごみをさかのぼる

夜半過ぎて降り出した雨を言ひながらタクシードライバーが釣銭をさぐる

御守の神像は象のかたちダッシュボードの上に揺れをり

薄闇のなかに口開けて眠りゐる三体ありて四体とならむ

塀の外にひと日ありたる黒窓の車夕刻にして撤去されたり

べつたりと青黒き肩まだらなる背腰この子のおのづからなる

動物の仔といくばくもかはらざる寝姿のあつち向きこつち向き

歯ブラシの二本が三本、四本になりてコップに戦ふごとし

繊い月が消えさうである西ぞらはまぶたの裏の暗さ　明るさ

天窓のある部屋に住む女来て雨夜の一部始終を言へり

水多きところ

誰も Jaco Pastorius のようには弾けない

三重奏《トリオ》から低音部《ベースパート》を抜き出して聴きゐし耳ぞ風にときはなつ

死のまへの年の演奏はやぶれめより水多きところがのぞく

倍音の和声うつくしき夕ぞらを濁らせてゆく酒瓶の澱

音楽のひらきゆきたる闇のあとを金色の月が来て照らしをり

幼子の父は

ブルックナー好きは鼻持ちならなくてブルックナーを聴かず過ぎにき

LPを借りてダビングしにけるを二十年《はたとせ》を経て購ふCD

妹の残したるものか仕舞はれて四半世紀経し衣を濯ぐ

その叔母の着てゐたるものはこれだけぞ女童はゆらゆら歩む

公園は金網をもて仕切られて幼子の父は幼子とゐる

ゆりの木が風に鳴りゐる日曜の昼　消えてゆく物欲あはれ

Pay mode

鉛直G身に受けにつつのぼりゆく東京のそらに雲厚きかな

射精するをとこをうつし映像は Pay Mode への移行うながす

今きみは東京にゐるのだらうと書き置きのごときメールよこしき

鋭き論のつねのことなり脇腹が見えゐたりしが反論はせず

極東の梅雨ふかきかな東海道往還しつつ夏なかば過ぐ

いくたびかわが敵として思ひたり絶頂を経て転ぶまでを見つ

「次は天気予報です」
水浸きたる東国を見せて戻り来し濁れるこゑがわれを呼びたり

無花果は花

ゐのころのそよぎゐるあたり草苅りてもう一棟を建てるとぞいふ

池に向くベンチのうへに子の襁褓替へてをり蒼穹は暗い

みなそこのひかりとかげをうごかして魚影が手のなる方へ集まる

陰惨なニュースなりしが食欲を誘はれにつつカレー食ひにゆく

すずかけの実の案外の重さなど子に聞かせしが子は聞いてをらぬ

大通りのむかうにありて妻と子はいたくたのしげにタクシーを止める

やはらかく髪を束ねてゐるやうに日なたのみづにかげさしにけり

しづみたる何を拾はむとしてをるか顎まで
ふかくみづに浸かりて

羽音ひくく虫のゆきかふ昼ひなか呼ぶこゑ
にこたへたり無花果は花

梅小路機関車館

動輪の車軸の下をくぐりいでて父の自転車
に走り寄り来つ

市場からあらはれし小型牽引車が長々と台
車を引きてゆきけり

海近き感じにとらへられてゆく卸売市場鮮
魚棟裏

高架鉄道の東は深き陰　時雨つつ晴れつつ
過ぎし日の暮れの晴れ

大公孫樹に誘はれ路地を曲りたり島原角屋
は夜の色の壁

何をつくる工場か知らず人ひとり容れるほ
どの青き樽を積む

独立峰

渦列を下流にひきて海中《わたなか》の独立峰が夜をぬけいでつ

うしろ手に持つ文庫本いつぱいに撓めて信号が変はるのを待つ

反故紙あまたひろげ数式を解きゐしがおもての文を読みはじめたる

霜にあはくふちどられたるふゆくさを踏みて別棟の書庫に入りたり

少しづつひろがりてゆく波紋かな知りたりといふメールよこしき

心中に石のごときをたもちつつひと日経て淡き雲になごみぬ

カレンダーの巻きぐせがとれる頃までに終へねばならぬことを数へる

全集が出てはじめて若い頃の仕事が知られる

翻訳に長くかかはりてゐたりけり著書おほかたは晩年のもの

昨夜《きぞのよ》の隣家の庭に燠の火のごときが見えてひと動きゐし

うすぐらくなりたるそらにひびきをりいづれの枝のさきか見えねど

ふりかへり見ればほのぐらきみどりなり楽しき方を選ばざりける

あたらしき妻の名を添へて届きたり友の賀状にしばし瞑目す

黄ばみたる雑誌のページ栞ありて冤罪説を読みかへしたり

いつときの気の迷ひとも思はざりしが風あたる庭に朽ち果てしめつ

輝度たかき雲

Pause Next Next

死者二人ありし時刻をよぎりゆく雨雲を止めてコマ送りせり

輝度たかき雲の先端が南海にありとぞ朝引き継ぎにけり

地に尻をつけて投げ出す靴の裏　坂くだるのみの足と思はねど

それ以降酒絶ちになりしひとのための誕生祝を選りあぐみをり

師のやうな師でないやうな老人の赤きワゴンの助手席にあり

豪雨事例解析報告を書き終へて雨雲を小さきDAT《テープ》に仕舞ふ

活断層越えて市内に戻りたり平坦地一面に灯のともりをり

旧河道

しりぞくといふさびしさにありたるを春のひかりがよぎりゆきしのみ

落果拾ふ姿と思ふ支稜なる岩峰ひどく傾きてあり

三番目の山羊はいつ来るのか

深谷にかかれる橋を渡りゆく三頭の山羊のごとく過ぎたり

近づきて遠ざかりゆく排気音消えてのち冷蔵庫がひびきをり

バルカンの火を思ひつつ春寒の夜は耳のみが浮遊しにゆく

逃げるなといふこゑはどれも姿なく桜の森にあまた舌が見ゆ

そのかみの田の畦ならむ溝ありてくさむらありて暗き水が見ゆ

さむざむと部屋に歌帖をひろげたり蔵書はいまだ旧宅に在り

旧河道のカーヴに沿ひて下りたり靄深き街は池ありしあたり

跋

永田和宏

雑誌「塔」では、今年（平成十三年）から新企画がはじまった。「入会十年目の歌人」と題して、いわば同期生が顔をそろえて、歌とエッセイを載せるというものである。そのなかに、真中朋久君の顔を見つけて、ちょっと驚いた。

真中君は、この数年、吉川宏志君とともに、車の両輪のように「塔」を引っぱってきた。編集上の企画から、誌面の構成まで、そのほとんどに彼ら二十代後半から三十代前半の世代が中心になっているが、真中、吉川両君は、この数年、常にその中心にいる。真中君が、入会してまだ十年目だったとは、私には新鮮な驚きであった。

この歌集は、真中君の第一歌集である。タイトルがいかにも彼らしい。『雨裂』とは雨水が地表を穿ってできる深い溝、さらにそれが大きくなった谷のことである。彼は理学部の地球物理の出身だったと思う。

雪解けのみづ走りゆき何もなき空《から》葬《とむらひ》の春は来にけり
午後三時県境に雲影《エコー》あらはれて丹波太郎は今生まれたる

冒頭の一連は「丹波太郎」という印象的な小題をもつ。「丹波太郎、山城次郎、近江三郎はいずれも雷雲の呼称である」との詞書が見える。作者は、気象予報士の資格をもち、日本気象協会に勤務しているが、その仕事のなかからうまれた歌である。気象、地質などの調査で丹波地方を訪れたときの作であろうか。

「空葬」は死者のないままに営まれる葬である。春、まだ暗い空気のなかでひっそりと営まれる村の葬に出くわしたのか。二首目は、レーダーで、あるいは最新の気象衛星からの映像情報を見つつ、丹波地方に影としてあらわれた雷雲を詠んだものだろう。現場の歌ではあるが、その雷雲が「丹波太郎」という深く民俗に根ざした言葉で想起されるところに、彼が歌人にならなければならなかった尾を見る思いがする。

気象予報士という職業は、歌人のなかでは珍しいと言えるであろう。テレビやラジオなどに出演もしているらしい。私などは、もう少しそんな特殊性を打ち出して、その歌の特徴を際だたせればいいと思うのだが、まことにその性格をあらわして、彼の歌にはそんなおしつけがましいところがまったくない。

あぶら照り照りかへし凪ぐ湖のうへ湖底の水温書きとめてゐつ

逢ひにくるやうに毎月ここに来て野末の測器の撥条を巻く

気象協会というのは半官半民なのだろうか、実に多くの職種をもっているらしい。地質や水質の調査もその一部だと聞く。真中君も京都市の地下を流れる地下水系の大きな調査に加わっていた時期もあったはずである。

一首目の「水温書きとめてゐつ」が、現場の人間でないと歌えないところだ。我々なら「測りゐつ」などとまとめてしまうかもしれない。毎月、あちこちに設置された気象観測用の器械の点検と記録にまわるのも、仕事の一部なのだろう。気象は決して衛星だけで事足りるものではあるまい。私などは、こういうフィールドワークと言ってもいい職業にあこがれるが、もちろん日々の労働はそんな甘いものだけではないはずだ。しかし、まるで「逢ひにくるやうに」と言いながら遠く野に出かけていく職業は、どこか詩的なあこがれを呼び起こすに十分である。

明日は雨と書きいだしつつ概況は恋文のやうに滞りをり

子の旋毛のやうだと思ひもう一度細線にかへ

て台風を描く

朝の通勤途上、車のラジオから突然、真中君の声が聞こえてきて驚いたことが何度かあった。いつも一緒に会って話しているのと同じ声とトーンでありながら、やはりどこか微妙に違っているところがおもしろかった。当然のことながら、職業人としての別の顔をもっている。予報士として、明日の準備をしているのがこれら二首の歌だ。気象用語がどうしても帯びてしまう詩的な回路にはまってしまって、なかなか概況の文章がはかどらない。しばしそれを楽しんでいるというところだろうか。

湿度計の奥に張られゐる亜麻色の女人の髪を筆をもて洗ふ
紅梅は濃く薫りゐて白梅の標本木のしづかなりける

湿度計が女人の髪を使っていることは、誰もが知っていて、恰好の歌の素材になってきた。しかし、こうして「筆をもて洗ふ」と歌われると、なるほど現場の強さを思わずにはいられない。湿度計の奥にひっそりと伸び縮みしている亜麻色の髪は、どんな手触りなのだろう。

あとの歌には「生物季節観測『ウメ』は白梅を対象とする」と詞書がある。はなやかに濃くにおい立つ紅梅と、その横にひっそりと立つ白梅。ここに作者像などを重ねれば嫌みになるだろうが、真中君の歌には、どこか影をくっきりと引いて、しずかに立っているようなさびしさがある。その寡黙なたたずまいともいうべき印象を私は大切に思っている。

彼の歌には、もの欲しげな表現の媚がない。アクロバティックに表現に凝ったり、とっぴな比喩で驚かせたり、現代口語調の軽さを装ったり、およそ同年代の若手歌人たちのトレンドとは、無縁のところでしずかに歌を作っているという印象である。その分やや単調だという批評もあるかもしれないが、表現は簡潔に洗練されていて清潔である。

同じことは、人を見る視線にもごく自然にあらわれているだろう。

そのひとはふるへる手もて酒瓶を傾けてゐつ
手を添へられて

ここに言う「そのひと」が誰であるのかは明らかではない。しかし、徳利をもつのも、杯を傾けるのも不自由なひとであろう。そんな相手を見るのに、作者の視線は、静かでしかもやさしい。これ見よがしの同情や優しさではなく、距離をとって冷静な、それでいて行き届いたあたたかさが感じられる。決してこの一首だけからそれを感じるのではなく、この歌集に見られる他の歌の照りかえしのなかで、そんなひととの接し方をおのずから感じるのである。

彼は、私たちが知らないいろんな顔を持っているようだ。しかと話を聞いたことはないが、ボランティアとして、体の不自由な人たちの施設に行っているようでもあり、「髪のなかに指さし入れてこはばりし兄の世代の耳洗ひをり」などという歌もある。教会の礼拝にオルガンを弾きにも出かけているらしい。大学の非常勤講師として気象関係の講義ももっているらしい。おまけに「塔」のインターネット歌会でも、ひとつひとつのメールに対する、素早い、しかも圧倒的な量の昵懇な対応は、驚くばかりである。どこで彼が時間を作っているのか、いつもながら感心し、不思議に思うことのひとつだ。「塔」の編集会議でも、終わって家で酒を飲んでいるころには、簡潔にまとめられたその日の会議録が届いたりする。

わが家では、「真中の時間は袋とじ」というのが、どこかおまじないのように流布しているが、まことに彼の時間は、袋とじのように何倍にも使えるのだろうか。会えば、明るくにこやかな好青年であるが、考えてみれば不思議な人物であるのかもしれない。

しののめの闇に裸身はほのかなりことばなく
吾を踏み越えてゆく
なんといふ平和な寝顔死ののちの肉体を見る

やうにまたぎぬ
疲労きはまりて眠るともなく横たはる背のうへを子は二度のりこえる

寝ている人をまたぐ歌が三首あって、それぞれの時期をおもしろいと思う。一首目の恋の夜、二首目は妻となった人の歌だろうか。そして三首目は、二人の子供たちの歌である。またいだり、またいでいかれたり、それぞれの時期に、ひとつの家の中でさえさまざまな人間同士の関係があるが、これら三首は、この歌集の時間を共有する家族の変化する姿でもあろう。これからどのような家族が歌われていくのか、近い友人として、その家族の形成の初めから知っている私には興味深いところである。

この歌集が多くのよい読者に巡りあうことを期待しつつ、最後に、何首かの印象に残る歌をあげておきたいと思う。

研究者になるまいなどと思ひゐしかのあつき日々黒き向日葵
誰がせし〈歌のわかれ〉か書き込みの多き歌集が箱で売らるる
なんのための石であらうか月光のみぢかき影のうへに置かれて
井をふさぐ蓋におほきな石を置きざんざんと降る夜をこもりをり
洞ヶ峠いつか越えたり追ひ越してゆく〈軽〉助手席の大きぬひぐるみ
しづかなる創業記念資料館簞笥のうちの巨き整流器
七年は父母の寝室に置かれありしまこと小さき弟の骨
公園は金網をもて仕切られて幼子の父は幼子とゐる

あとがき

一九九二年から一九九九年春までの四百五十首を収める。おおむね京都で生活した日々の作品である。Ⅰは一九九五年春まで。Ⅱは一九九五年から九七年頃。Ⅲはそれ以後大阪に転居するまでの作品である。それぞれの部分は、家族構成が夫婦のみの二人から三人、四人に増えていくことにも対応する。各章では、初出のかたちにこだわらず自由に構成し、必要に応じて改作をほどこした。

歌集表題である『雨裂』は、「細流《リル》あつめ雨裂《ガリ》ひらきゆく源頭に降るみづの音待ちてゐるなり」から採った。作品では「ガリ」とルビが振ってあるが、歌集表題としてはとくに訓みの指定はしない。私自身は「うれつ」のつもりである。

おそらく「雨裂」というのは、馴染みのない言葉だろう。侵食されやすい、例えば火山の斜面であるとか、新たに造成して盛り土されたところに雨が降ると、流水によって細い谷が掘られてゆく。その谷は、やがて人の背丈、あるいはさらに深さ数十〜百mに達するほどの地割れのようになることがある。豪雨が来れば土石流が流れ下る。雨が引き裂いていく地形である。

こう書いていて、あるときの、そのような谷の崖の上での場面がよみがえってきた。火山の斜面である。三脚を構え谷の測量をしていたところに、足下から突き上げる地震。対岸から砂礫といくつかの岩塊が落ちてゆくのを見ながら、身体が動かなかった。私の足元もかろうじて保たれているにすぎないのである。

*

ことさら怠けていたとも思わないが、歌集を出すことを先延ばしにしつづけてきた。歌稿をまとめはじめたのが、もう二年も前のことである。なんとか一冊の歌集を出すことができるのは、多くの方に心をかけていただき、声をかけていただいたからにほかならない。跋をいただいた永田和宏氏をはじめ、「塔」の友人たち、諸先輩、出版に際しお力添えをいただいた雁書館・小紋潤氏に深く御礼申し上げる。
　短歌にかかわることで、家族の時間のかなりの部分を犠牲にしていると思わざるを得ない。歌集を出すにあたっては、妻と子どもたちにも感謝するものである。

二〇〇一年七月十日

真中朋久

『エウラキロン』（全篇）

Ⅰ

一九九九——二〇〇一

旅　程

そのかみの使徒の旅程をたどりたり海荒るる章は読み返しつつ

航行を禁じられたる冬の海ぞハイリスク・ハイリターンをわれは肯なはぬ

世紀越えおぼつかぬ機器五台ほど廃棄処分の表に追加する

待避して湾中央に錨打つ巨き船体を覆ひゆく雪

流速をノットで言ひてしかるのち時速を思ひゐがくしばらく

遠近法

遠近は構図にあらず濃淡にこそあるらめ杳き春の山なみ

くれなゐの八重のさくらの過剰とも思ひき遠ざけしままに過ぎたり

すいめんをへだててくらきみどりなり足こぎボートの行方さだまらず

棹させばちからある春のながれなりすみやかに去年《こぞ》をはこびゆきたり

口笛はいつしかワルシャワ労働歌階下の主婦が水を使ひつつ

やうやくに出でて来し本を棚に上げ箱の下なる箱をひらきぬ

積み置きしからばこのごとくありにけり休みたるままの芸学あまた

二周遅れて先頭を追ふ気楽さはあらず文庫本に難渋す

雨にけぶる観覧車にて録音は見えざるものをあれこれと言ふ

をさなごの泣くこゑがもれてくるほどのやはらかき夜の雨が来てゐる

ぬひぐるみ二匹と枕、ちさき毛布抱へをみなごが父母の寝室に来る

葬祭手引書

早朝の下り特急隣席に葬祭手引書をひもとくをとめ

木に花咲くは見えねど泡立ちてふきいづるごとき山のみどりぞ

葛藤とはかつらとふじであることのうすむらさきにゆるびはじめつ

枯木灘にしろく横たはる流木の四、五本が見えてトンネルに入る

中上健次をしばらく読んでいない

じつとりと汗に目覚めたり秋幸の無茶につき合ひし十余年前

神倉山岩楯が岩はうねうねの黄泉路なかほどをのぼりゆくがごと

しづみつつある島々と思はねど海に入り日のうつくしきかな

多島海《アーキペラゴ》めぐれるごとき転職の機会もあらず十年を経つ

ハイヌウェレ

ランドセル背負へる子らの行列に疎密あり
疎になれば走り出す

さきほどは五歳こんどは六歳の迷子をさが
す放送がひびく

何の肉喰つてゐるのかやはらかき脂肪が口
中に臭ひはじめつ

検死の医師が帰つたあとで
いくたびかあけがたの夢にあらはれし青く
よごれたるきみの足裏

かの日わが炊きたる粥をすすりゐし唇なり
そこに閉ぢられてあり

しろき魚をあつきあぶらにはなちたり暗が
りにものを食ひつつわれは

カーニバル（カニバリズム？）は乱打する
俎板のうへに　芋が踊る

喰はるるべき物量を思へば累々と積みおろ
しゆく病獣の屍

木の下のくらがりにありて見るほどに子は
蟻の巣を塞ぎつつあり

踏みごたへなきぬかるみを越えて来て草生に靴の泥をぬぐひぬ

ハイヌウェレ――農作物起源譚

ココ椰子の苗木のもとに埋められし肉削がれたるのちの骨片

聞いてゐない

雨雲のなかに高度を下げてゆくごとし別離とも思はざれども

身をはこび行かねば行つたことにならぬ「ベルト着用」が再びともる

鉄橋を渡りつつある列車ならむ窓のあかりのつらなるが見ゆ

ひとのはなし聞いてゐないとなじられて父と息子とひと括りなる

夢に来てただ嗚咽してゐたりける見知らぬ女人なれどなにゆゑ

生理不順でありしことにも立ち入りて進捗状況を書きよこし来つ

スーツケースころがすごとくふるはせて巨き機体を滑走路まで

熱ひかぬひとのころ

対岸にけぶれるあれは桐の花、藤の花とも見さだめがたし

内浦にしろきフェリーの灯しつつ照らされにつつ昨夜十時まで

なみなみと注がるるとも思ふまで湾内は凪ぎわたりつつあり

海岸に沿ひて執拗に蛇行する旧道はしろき漁村に入りぬ

石浜に石の打ち合ふ音満ちて熱ひかぬひとの昨夜《きぞのよ》のころ

ひとりぶん

屋上に出でてこしひとがゆらゆらとのびあがりたりその白きシャツ

ヘリポート戴くビルは夏靄のなかにくらぐらと座りゐるのみ

父は大人ひとりぶん働き子は子どもひとりぶん遊んで眠る

いくらかは熱下がりたるらしき子が暗き部屋に鈴をならしをり

女童の髪を束ねてしかるのちその兄のうしろまへを直したり

長大橋

桁落ちてふ寄せ場ことばのゆゑよしは落橋のこと賃金のこと

アンカレイジの底に下りゆく階段《ステップ》を折り返したる人が顔を上ぐ

名瀬震度2震源は地中海てふ電文を確かめ
しものの万の死を思はず

千の死者万の死者あり近親の一人の死があ
りて忘れゆくか

ゆふやみの阪神高速神戸線長田を過ぎて前
照灯ともす

谷地田をわたる

腰あかき燕は風にひるがへるひかりに満た
されてありし曇天

洗濯ののち返されしTシャツのきみの胸が
ほどたわむ心地す

かいま見しのみの乳ふさ炎天の眼裏にして
ふくらませつつ

いくたびか腰までふかくしづみつつ泥濘の
田をわたり来してふ

朽葉のにほひたつ林床にありし半日がほど
　風邪をひきたり

週半ばにいつも腹痛が来るといふこの心身
を疑ひてをり

農道を走りゆくトラックがひとつのみ見ゆ
銀の荷台の

ばさりばさり風に揺れゐる無花果の葉かげ
にありて視てゐたるのみ

兄弟はひとつかと言へばさうでもない諍ひ
のごとく枝が吹かるる

空に声あるごとし　部屋をいでてしばらく
の間は星を仰ぎつつ

湯をもらひ汗をながしにゆく道の前週は月
に照らされてゐし

みづいろのポリバケツから汲みし酒濁れる
をしばし椀にめぐらす

呑みくらべてみよと茶碗に注がれし酒の味
　言ひあてられず

暗川《くらごー》と地下水脈の違ひなど今ならば言ふこ
ともできるが

用水路は排水のために必要になることもある

谷地田てふ田のつくり我に教へたる老人の名を覚えてゐない

そこからさらに十数年さかのぼる記憶

何用か知らねども父に従ひて霧ふかき野をバスに越えにき

鉄道の通はぬ町をめぐりゐるバス路線図は運転席のうしろ

霧のなかにあらはれて消える対向車　台地を越え、谷地田をわたり

顔のなき人々のなかにありにける父が立ち上がり何か言ひたり

コンビナート見わたす塔に登りたり既に夕闇のごときくらさの

下山田アパート

わが生家は川つぷちなる社宅にて友とその妻が子を育てをり

濁流が抉りゆきたる庭さきをメール添付の映像に見き

いくばくも緯度の違はぬ東国の梅雨さむざむと電話のむかう

海とざす霧　砂浜をたどりつつ小さき河口をいくたびか越ゆ

よきこゑの僧来りけり葬礼にはなやぎて額をあげるいくたり

十薬の冷ゆる繁みに入りゆくもももはや偽装と言ふほかはなし

鯨族の骨格吊られゐる下をぬけてあかるきロビーに出でつ

二度三度破綻ののちのことならむわれらに老後といふもののくる

かな書きの恋歌

上流によく泣くむすめが住んでゐてけふまた増水の川を渡りぬ

傘をさすことが嬉しい　小さき黄の傘ふたつひらきしばしまはりをり

蝙蝠のごとく地球にぶらさがり見下ろせば
空の闇ふかきかな

記載不備に戻されて来し稟議書に悪意のご
とし付箋ふるへる

中途まで追ひし仕事を若きらに投げてしま
ひぬ時間ない時間が

朝刊をちひさくたたみ読みすすむごとき視
野　わが視界なべて

わが負へる荷が迷惑のもとなると深く恥ぢ
をれど下し得ざりき

おほかたはねむりつつあり携帯が鳴つて顔
あげるひとりふたり

古雑誌あまた積み置く店の隅　朝の珈琲に
ミルクをそそぐ

胡瓜買ひて帰れば妻の実家より胡瓜届きわ
が実家からも届く

子がこゑに読むをし聞けばかな多きわが恋
歌の下書きなりき

夏休みその他

上越の山ふところをたどりゐき父の出張につき従ひて

公私混同はなはだしきを責められて暢気なる父の息子ぞわれは

夏の稲の香にむせびつつ畔みちに水筒のみづを欲しがりゐたり

試作品抱へて家に戻り来し父にノギスの使ひ方を習ふ

鉛筆と計算尺で書き上げし父の報文が社報にありつ

くらがりに見し猫の眼をひと日経て寝入らむとする妻に言ひたり

最近でこそ幼児と一緒にはいることのできるトイレも増えたが

幼子を伴ひてゆく長旅にあれば水飲むこともひかへて

両手に花抱へ持ちたる壮年のをとこ郊外駅のホームを歩む

海月

夏の終の河口にかかる橋のうへに見下ろしてゐつ淡き海月

潮汐の河口にふかく及べるを朝《あした》見て夕べは見ずに過ぎにき

ゐのころを見るたびに摘むをみなごの父なれば手にゐのころ五本

くれなゐのちりめんのはなさるすべりの花をひなたの道に踏みたり

改札のむかう日ざかりはしづかなり犬に引かれてゆく女見ゆ

白雨街を閉ざせる午後を合羽着て自転車で子を迎へに行つた

頭のうへに雷ほとばしりつつありにけり天罰といふことを思ふな

足たかくあげて踏みゆく舗道なりとこ永遠に雨よ降れふれ

深夜怪異を言ひつのる電話来てそののちしばしを憑きゐたるかな

深き溝そのものとなりてわれは聞くみづからのなかに墜ちゆくごとく

立ち上がる雲ありころぶ雲もあり南の空に雲がはしれる

肉体はいつも重たくついてくる月あかき夜も風荒るる昼も

貨幣いまだ若かりしころ言葉ありて科学と技術をわかちしといふ

ゆるやかに小潮若潮かすかにも夕刻の海の輝くが見ゆ

松籟

臨界事故は三日前のこと。滅多にない事だが、偶然、日立市への出張がきまっていた。

帰郷いつも夕刻のこと赤き灯をともして立てる原子炉排気塔

原子炉群は海側、事故があった工場は山側。

松林くらく原子炉棟なほ暗く立つ見ゆ下車準備はじめむ

黒松の幹が思ひおもひにのびあがる私鉄単線無人駅ホーム

晴の海のひかりを容れて病室のほのじろき壁しろきカーテン

弟妹の眠れる墓にその父母は入るのだらう
丘をのぼつて

崖のうへにありし廃屋　海風の通る部屋に
して抱きたり

崖下に掘られし穴は防空壕なかば埋もれて
竹垣が塞ぐ

村松虚空蔵尊に行くのは六年生、すなはち十三まゐり。

松籟ののどかなりける砂の丘ここからは見
えねど立入禁止

エンタシス柱

広辞苑を装ふクロスの青のごとき朝《あした》はやが
て靄ふかき谷

何を数へてゐるのかといへば答へにくい車
窓を過ぎてゆくものなべて

ロングレールの区間を過ぎて単調にリズム
を刻む夜汽車となりぬ

ばさばさと夜の青葉が戦ぎをり青桐の葉は
乾きつつあり

いくたびか色校正を差し戻し青のいろなほも騒がしきかな

鬼ありて世の一端が結ばるると鬼のくちなることば粘りつく

動悸して目覚めたりけり徴兵をのがれむとして飛び降りしのち

鋏にて己がシャツに穴あけしをべそかきながら言ひいだしたり

欄干につかまりて秋の水を見る子とその友を呼び急がせる

はぜの木の黄の葉紅《べに》の葉触つたらあかんと言へば触りたくなる

地下水位たかき盆地にありにける礎石のうへのエンタシス柱

ぎんいろのレール

ぎんいろのレールがゆるくたばねられて車庫から本線に流れ入りたり

くらやみの底が動きだしコンテナを乗せぬ台車となりて走り去る

なにをつくるハウスなるらむ紗をかけてくろき一棟が枯野のなかに

わか杉のかぐろき帯の這ひ登る里ちかき山を巻きて越えたり

絵を踏みてころべころべといふごときなかば凍れる雪の甃みち

父親を奪ひあひゐし幼子が額を合はせて眠り込みにき

雪の田のなかにうごけるかげが見ゆひとつは犬ひとつは人の子ども

パラパラの手を踊らせるむすめらのほかは静かなり始発各駅停車

猫

街裏を一輌の電車ゆくときに逢ひ重ねたる下宿部屋が見ゆ

あけがたにひと去りて猫が入り来たり胸の
うへなる猫がくるしき

棕櫚の葉が覆へる窓がうすくひらき猫たち
は今も出入りするのか

古畳をなみうたせつつ座りゐる小さき冷蔵
庫に水薬置く

獲物見せに来る猫のごと語りゐし恋の顚末
はいろいろ聞いた

雪の朝に自転車ひきて送りたりかの冬に雪
の多かりしかな

名をつけて呼ばるるほどの豪雪と思はざり
き雪多き街と思ひき

五九豪雪

Ⅱ　二〇〇一―二〇〇二

涸　谷

山間の高速道をたどりゐきわが照らす前方のみが視界

ゆるき坂のむかうは暗き海面か灯火まみれの護衛艦見ゆ

つややかなくちびるが浮かびくるごとし湾内は凪ぎわたりゐるなり

濃き眉と髭を持つゆゑいづこよりの留学生かとわれのことを問ふ

ゲームならばただちに終へてしまひたし炎天の涸谷《ワジ》もろともにたどる

きんいろの

ひとごゑの満ちてゐる昼のレストランにからのバケツのごとくありたり

珈琲の闇のおもてに乳の雲の皺よりゐたり
きみは遠しも

生き死ににかかはることにあらざればかく
手を抜きて失ひしなり

シングルに空室なくて枕ふたつ並んだ部屋
に原稿を書く

きんいろのはだしの足がわが胸に来て踏み
しなりしばしふるへる

すみわたる秋の空気に触れてゐて月は裸体
の肩のごとしも

椿のたねほどのまるさの月なりき雨のまだ
来ぬ昨夜《きぞのよ》のこと

朝の陽のなか溝蕎麦が向きむきに花掲げを
り露しとどなり

万国旗風にあばるる秋まひる不在のひとの
みがうつくしき

戦争の比喩もて恋を語りゐるは気楽と思へ
悲惨とも思へ

ひたひたとちかづく雨をかんじつつふたた
びみたびねがへりにけり

グアノ――ペルー産鳥糞

あまやかに海獣の婚を思ひつつ最終便の座席にしづむ

肩を抱くときのまの掌にありにけるほのあたたかさ夜半に思へば

雑踏のただなかに君の携帯を鳴らすすなはち手を挙げて来にけり

街川の淵をめぐれる鯰ありき片方のひげは失はれをり

雨あとの靄ふかきかなかつて田のありし宅地を湿気が覆ふ

蓮池のありしあたりに並び立つスナック二軒わからぬ店一軒

黒白の喪の垂れ幕のその白が輝きてゐる辻を過ぎたり

己が立場のみを言ひゐる座にありてわが頰に水母のごときが浮かぶ

壇上のポンテオ＝ピラトに詰め寄りし群集のなか　くちをうごかす

酔ひゑひておほかたを吐きもどしたれば夜
半ふたたび空腹が襲ふ

君のために物理の試験受けしことあり優良
可不可は知らねど

駅ふたつさきの目立たぬ喫茶店に誘《いざな》ひて低
きこゑに語りくれし

稜線のみづを争奪するごとし谷はするどく
斜面をのぼる

南米からはこばれて来しグアノなり吉野山
中の土を養ふ

男二人女一人の道中の七日めバックシート
に眠れる二人

ひとを漁《すなど》る網のがれゆくわれならむ海沿ひ
の道に速度をあげる

いくたびか習ひていまも覚えられぬ舫むす
びを解きて投げたり

冬 瓜

冬瓜をやはらかく煮て子に食はす子が食はざれば残せしを食ふ

両腕にぶらさがる子がちからつきこぼれ落ちゆくまでを揺らしつ

貝塚伊吹の枝うねりつつのびてゆく裏門いでて上着を羽織る

毎晩の一章づつをこゑに読み長き童話が大詰めに入る

朝方のねむりのなかにたどたどと山上につづく道をのぼりゐき

うさぎ

十年ののちわが妻となるなどと思はざりければ淡く別れし

海の見える踊り場にしていくたびかゆきあひにつつ抱《いだ》かざりしかな

いくたびか見過ごしたまま採らざりき　は
ちみついろの馬のたてがみ

ただねむくただ忙しくありつればいさかひ
やまぬ子らを叱りつ

われの知らぬ男の手より奪ひたることとさ
らに思ふことにあらねど

もごもごと三毛のうさぎが寄りて来るちさ
き柵のうちのやすけさ

氷鳴らししばし韻をたのしまむわが入る余
地のなき話題なれば

乗りかへの駅のベンチに茫とゐる三〇分は
貴重な時間

犬の尾のひらひらとしてのぼりゆく霜枯れ
の山いまだ若かりし父

単線の行き違ひ待ちいくたびか田のなかの
駅に扉をあけはなつ

街灯のほかに灯火の見えざれば今し県境を
越える頃なり

海風

海水の飛沫をはらむ風ならむばうばうと打ちてねばりつきたる

おほかたは赤錆色の線路はたひとところしろき石礫を積む

ひとを抱きたましひを抱かぬさびしさもあるべしその逆もあるべし

おのづから泥を噴きだす熱泉を見てをりわがこととして見てをり

のどぼとけ大き女人と見てゐたりしばし見てゐて男かと思ふ

耳とこゑ

渋滞を避けてたどれる裏道の今し耳塚の前滞る

端的にいへば死びとの数を競ふ塩漬けの耳塩漬けの鼻

ばりばりと冬雲を割つて押し入りしひかり
は森のうへにやすらふ

小鳥らは忙しきかなはだか木の枝うつりつ
つこゑしづまらぬ

あるかなきかの流れのはやさ堰越えて落つ
るみづ音のみが響きをり

若きダヴィデが奪ひゆきたる二百人の陽皮
想へばわれはペリシテ

退化しておそらくは樋のごときものにんげ
んの耳をやさしく嚙んで

こゑとなりたちあがるうたはこゑのぬしを
ぬらしあまたの耳をうるほす

春の喫水

つらなりて毛馬閘門をくぐりゆく曳船に春
の喫水ふかし

ふるき手帳に妻は旧姓の順にあり山のうへ
なる実家の住所

名無し驢馬はこの家に来ても名無しなり寝相わるき子の足を背にのせて

母方の祖父である

祖父が父に読ましめし中公新書『科挙』なりわが書架にあるは

おまへんち狭いなぁ本を捨てろよと子の友が来て言ひゐたるとぞ

ひばり

空港島めぐれるバスに揺られ来て果てなる給油地区のあかるさ

格納庫裏の草地にひかり降りひばりのこゑの降りそそぎをり

ＩＤカード挿して入りたる管理区域に転蓬ありて遊ぶごとしも

無線局運用規則39条

ホンジツハセイテンナリホンジツハセイテンナリホンジツハセイテンナリホ

ドウゾとぞ言ひて受信を待つごとく鳥影は
つつと落ちてゆきけり

通信衛星の背後に強いノイズをはなつ太陽がさしかかる
早春の天球めぐる太陽は衛星回線をしばし
乱したる

陽光のなかに見えざる鳥影のこゑのみをた
だふり零しつつ

こゑといふ波長伴ひてもれる息　変調復調
変調復調

たなびいてゐたりし暁の雲のことをまひる
の草のうへに思ふも

沖の島のうへに光の梯子あり登るものあら
ぬかとしばし見てをり

ぎんいろの Boeing 747
今し首をもちあげてゆく貨物機のエンジン
音がしばしつらぬく

面

葉牡丹の菜花まばらに咲くあたりさつきか
らタクシーを待つてゐる

病ふかくありつるひとを訪《おとな》ひて戻る車中にみな寡黙なる

南島の火酒ちろちろとそそがれてやがてわが裡の燠が動ける

腹に石を詰められてゐるごとしとも思ひつつ口を水に寄せゆく

「面とペルソナ」　和辻哲郎

くらがりに面あらはれておもむろに演者てふ肉を従へて立つ

沼

わかものの汗のにほひにみたされし海からの列車　地下に入りゆく

自己啓発ノート

車中となりあはすをとこの鉛筆が決意の言葉を書きつらねゆく

鹹き陽に一日さらされてゐたりけり夕べ運河からのぼる水の香

まどかなる月照りをれど地上には欠けたるを拾ふをとこばかりなり

昨夜雨の荒れゐたるなりくにつちを彫りあらためて朝のひかり来つ

西国《さいごく》に暑くはげしき梅雨あるを知らぬ東男なりにし

来てといふこゑおぼおぼとありしかば岸辺まで来て濁れるを見る

突き飛ばされこしらへし傷をふとも思ふみみのうしろに残る傷痕

傷痕は見てもわからぬふくらみとしてのこりをり　たまに触れてみる

いさかひのディテイルはもはや思ひ出せずきみの怒気のみがよみがへる

身におぼえなき叱責を受けるごとく西日のあたる席にありたる

惜しみつつ捨ててゆきたる家財なり歳月を経てまこと悔しき

なにかから余裕のあらぬ立ち姿わがまへにタクシーを待つ女人の

それはまるで沼だ　ときをり鷺が来てほそき足さきにごらせてゆく

みづのちから

機銃掃射のがるるごとく滝の飛沫はげしく
下るなかをぬけたり

水音の支配完全と思ふまで峡谷《ゴルジュ》のなかにこ
ゑが通らぬ

ほそき滝がしづかに落ちるところなり日だ
まりの砂に荷物をおろす

ほとばしる雷光ののち稜線の鉄塔あかく染
まれるを見き

山頂は風に冷えつつ街の灯を見おろしてし
ばし語りあひにき

ひとつ皿をつつきてすでにむなしきを瓶に
残れるビールを注ぐ

空に雨降るは見えねど対岸のくらき建屋を
背景に降る

電球に触れて火傷を負ひにける子の小さき
掌を流水にさらす

カイサリア

逸楽のうちに回想されてゐる清らかな夢のごとき寂しさ

カイサリアにありし日々には触れぬままあるところから詳細な自伝

嗅覚のいかほどか鈍くなりぬらん体臭つよき学生とありて

雨の降るたびに臭へる座席なりきみの吐きたる血が臭ふなり

助手席のシート外してホースにて水流しゐき時間をかけて

退院ののちは自宅にありしとぞ聞きゐしのみに訃報めぐり来つ

＊

果樹園をまもる翁のごとしとも思へり機器架《ラック》林立のなかに

砂を掻く

堅く締まりたる砂場の砂を怒りつつホームセンターにスコップを購ふ

築山をかけのぼりてはかけおりる子の脚の強くなりにけるかも

乳歯ぬけてドラキュラのごとくなりたるといへば挑みかかり来にけり

砂を掘る子の傍の母親の砂を篩ひゐる向股の白さ

アスレチックの木組みの塔のなかほどに行き詰まりたる子のこゑがあり

丸太組みの遊具の橋の欄干をネクタイの男の渡りゆく見ゆ

左手にビジネス鞄右手には脱ぎたる上着でバランスをとる

両手ひろげ風を感じてゐるならむ目つむりてゐて男あやふし

柱のうへに片足で立ちてゐたりける男いつの間にか消えにし

己が肉の痛みは世界の中心にあるなればわれは身を折る

うちつけに陽のふるなかに二人子が砂掻きゐたり砂によごれて

おそるべき

おそるべき乳房の夏をやりすごす手だてもあらず朝の階段

ふくらんで地を圧すごとき曇天の細部には今し鳩が群れ飛ぶ

そらまめの莢が月夜のそらを指すさびしさと無縁のふとき指さき

なかば土にめりこんでゐるトラックの錆びた荷台にしばし眠りぬ

桃缶に缶切りの刃を入れしときわらわらと子らが寄りて来にけり

宇品港

間隔をおきて錨をおろしたる貨物船あり昼
の海峡

晩夏光たたへし海にくろぐろとマツダ車を
はこぶ船が来てをり

行儀よく電車が前に進みゆく交差点ひろき
炎天の道

泥のうへに乗り上げてゐる船底のくれなゐ
を見て汗ぬぐひたり

泥の穴ひとつひとつに蟹がゐて潮ひけば泥
のうへに走れる

船底を見せて速度をあげてゆく小さき漁船
なれど全力

カラッハ、枯野、カヌーいづれもあしのは
やきふねにてみづのうへをはしれる

錨おろしとどまれる船の向きをかへてまひ
るの海に潮がうごく

カロリーメイト

歩きながらカロリーメイトを飲みくだす昼いちばんを指定されてゐて

沿線にコスモスの花咲きゐたりいくたびか来て今日は九月ぞ

蕎麦の花ちひさく白く群れてあれば白うつくしき畑となりぬ

刈りし稲を稲木に掛けてありたれば夕暮れて野の牛のごとしも

森かげに犬とありたる老人が犬のくびをなでて汽車を見送る

蛇行

のぼりたる月はいつしかのぼりきり旅先で飲む酒の辛きかな

泡と消ゆる名と思ひつつ見てをれば黄金《きん》のビールが澄みとほりけり

正体さへわかれば

恐るるてふことのおほかたおそらくはナン
チノリギヨを恐るるごとし

ひとのかたちして寄り来たるさびしさにわ
たくしが何のかかはりのある

飲めばおのづからこゑに出でたり楽観も悲
観もあれど見えぬものは見えぬ

一冊をひらけばすでに余地のなき宿の机に
歌を書きうつす

己が妻のなきがらを塩に蔵ひ置き魂よびか
へす旅に出でしか

降る雨は他界にもいまは降るならむくらき
空くらき土をぬらし

谷ふかくかげりたるなかにほのかにも白布
　修復中の拝殿

殺めたることあらざれどひたすらに憎みゐ
しときに死にしひとあり

メシアンの鳥を満たして昼ふけの女の家の
留守を守りゐし

耳飾りひとつなくせしといふ書き置きのメ
ールなどなき頃のことなり

行方知れぬ恋をいくたびか聞きしなりこの
夏もまだ進展がない

午前十時までに来よてふメール来て電話来
て時刻表を繰りゐつ

東京を経由するのが早しとぞさにあらぬと
ぞしばしさざめく

トンネルに入るきはに見ゆ廃線となりたる
せまきトンネルの口

二度三度トンネルに入りて途切れしかば携
帯電話の電源を切る

軒にかけしほそき梯子をのぼりゆく腰まが
りたる老婦人見ゆ

花崗岩を頂に立てて地のちからこごるがご
としみだりがはしき

みすずかるしなののやまにふるみづを電力
にかへてたてまつるとぞ

あやとりの手の下をくぐるごときかな高圧
線を仰ぎつつ過ぐ

扇状地のゆるき斜面を巻きのぼり林檎園の
なかにゆきどまる道

首都移転待ちのぞみつつ昏れてゆく高原の草に露しとどなる

そらを映すみづ田のうへをわたりゆく蛇の蛇行の力を見たり

背割堤途切るるまでを下り来て色異なれる水が逢ふを見る

考へもなく揺れてゐる葦でありわれはその根の泥とも思ふ

吊り荷から解き放たれてかろやかなエンジン音が尾根越えて戻る

Eurocopter AS350B

右足にちからをいれてなかぞらのヘリコプターが向きなほりたり

Ⅲ　二〇〇三

段丘崖

1980～81の頃

段丘崖せばまりてゐる谷ふかく人家ありしかば配達にゆく

自転車を押しとどめつつ降りて行く崖下の家に葉書一枚

ボタ山が雨に崩れて谷をふさぎ氾濫せしとぞ伝へ聞くのみ

鉱脈は海底ふかく掘りつくさざるままに時代がうつりゆきにし

閉山ののちも操業続けゐし精練所が吐く薄きうすき煙

ただに堅き信仰のみと言ひながら教会役員がこばみけるとぞ

社会教育課主事でありしきみの父の礼拝に来ぬやうになりて久しき

夏は木槿白く咲きゐしキャンプ場かつて鉱山社宅なりしところ

あけがたに窓から出入りせしことをきみのいもうとに気づかれてゐし

工員帽借りてかぶりて白線に沿ひ歩み来ぬつき従ひて

目尻きつき女出で来と見てゐしが妊りし腹があらはれにけり

高校生バイトひきつれ焼肉とビールふるまひし郵便局員

ダイレクトメールばかりを配りながらひとの暮らしを見て過ぎにけり

木造のアパートの戸をノックすれば南国の娘　三人《みたり》出で来つ

異国語のさざめく部屋の奥にまだ四五人はゐるだらうと思ふ

書き込みはいくたびも書き直されて住宅地図の余白　山林

書留の手渡しかたを復習しておもむろにドアを叩かむとする

ちさき木の像をまつりて社ありき礼拝《らいはい》をせぬわれは余所者

段丘崖を切りひらきたる長き坂朝ごとに通勤の車が詰まる

ひとあらぬ土曜の夜に会堂の椅子片寄せてモップかけゆく

鼻　梁

女らの噂に美しき女なるをいたくしづかに見てゐたるわれは

ヱビスビールのゑびすのかほのはばひろき鼻梁　指をもて汗をぬぐはむ

千里眼のをとこありけり遠くばかり見てをれば（ほら）また躓いた

覚悟してかたくなになるこころなりひかりのうごく窓を背にして

林床にちさき焚火をまもりつつはだれに残る雪を踏み崩す

わが傘をいでて萌葱の傘をひらくきみとちひさく手をふりあへり

荷物用エレベーターでのぼりたる十三階の
廊下、白壁

ひつたりと背に貼りつきて言ふこゑの歳月
をへて不意に浮かび来

席あきて南の窓に移りたればしらじらと満
月の夜なり

時速二百五十粁で月がついてくる浜名湖を
過ぎてふたたび暗し

とどろきて今し河口を渡りきる列車のなか
になみだ抑へたり

筆先のちから

筆先のちからに意志はあらはれて初冬の空
にのびてゆく枝

子を抱くひとのすがたの習作のしかもぎこ
ちなく抱く手である

窓際にポトスの鉢をやしなひて水はこぶと
きに楽しさうなり

曖昧に昏れてゆく西の空のいろ窓辺にたち
てくらく働く

美術館の前庭にありてきみのひらくスケッチブックの白のまぶしき

ねむいねむい

起きいでて仕事する朝に聞こえくる子らが寝床のしりとりのこゑ

蓄へもあらず負債もなきことの冷えびえと書のなかに埋もるる

携帯端末用アレイアンテナ

頭のうへに蠟燭を立ててゐるごとし古きビル新しきビルもこぞりて

てぶくろのはんたいを言へとくりかへす子を抱へあげさかさにつるす

ねむいねむいねずみのごとき旅にありてこれといふ夢も見ざりき

朱

枕頭に置きし春画ももろともに万年床をたたみあげたり

あわただしく移る季節は窓のそとつながつたますこし眠つた

ステンレスの薬罐のしたに揺れてゐる青き炎に朱が走りたり

君がすわつてゐた椅子

朱の海胆をごはんのうへにのせて喰ふたきたてのしろいごはんのうへに

昨夜《きぞのよ》の夢に汽罐車があらはれし煤煙の香のなまなまとして

錆朱いろの泥に脛まで漬かりつつ工場廃水のサンプルを採る

硝子窓を通して射せる冬の陽のかげが畳をうつりゆきたり

朝霜を踏みて抜けたるグラウンド工学部キャンパスいつも静かなりし

寄らば大樹の影てふことをいくたびか母より聞きて聞きながしける

事故自殺不明なれども父あらねば社宅出てゆく友とわかれし

結婚のまへのこととして母もまたおぼろに知るのみの父の転職

一時帰休《レイオフ》は勉強にあてるといふたより少し羨しみやがてふかく憎む

すこしまがつてそこに在る　さつきまで君がすわつてゐた椅子

厩

馬も鹿も走る姿のうつくしさ若草の丘を越えて去りゆく

ぶへへへと嘶く馬ありて草ふかき径の奥に厩ありける

厩あり厩にひとのあるならむくらきところにテレビがひかる

明け方までかかりて長きメール打ちし君が朝の引き継ぎにゐる

天牛堺書店に寄りて子の絵本一冊購ひしのみに帰りぬ

手に豆ができたらつちに播いてごらん雲梯の木がのびてゆくから

ぬきあしの

ぬきあしの黄のほそさかな白鷺は泥のよどみをわたりゆきたる

なにができるかといへばごくわづかいましばらくはここにとどまる

鉄道が市を東西に二分してその東側人通りなし

駅裏の喫茶店にて聴きをればジョン・コルトレーン初期のバラード

きみが呼んだやうな気がして席をたつこのまま消えていつてはならぬ

他人の不幸を歌にとどめてたのしいか酔ひにろれつがまはらなくなる

器からあふれつつなほ水をとめずシンクのなかに手をたれてゐつ

単価一首三〇〇円てふ明細の高しとも安しとも思はねど

噛み殺してゐる欠伸は

踊り場にどどうと重き風が落ちる私に依存してはならない

子どものしりとりのこゑあらうことか「とんび」のあとに「貧乏」が来る

ほつほつと文字をたどつて声にする読めぬ漢字は「なんとか」などと

ベランダに小さき鯉を吊るしおき団地の五月しづかに過ぎる

景品で新聞を替へるおろかしさ蔑みしつつ
愛《を》しみつつ日のくれ

荒野の枯れた草生のうへにたてばどんな姿
も異形と思ふ

かたはらにありて吐息のごとしともきみが
噛み殺してゐる欠伸は

森のうへにほかりと白い雲があるあなたを
支配してはならない

火と水

われながらさびしきことを言ふものと思ひ
つつ枝のさきを見てゐる

タリヤ川の石を拾つて娘らのために持ちか
へる旅のなかばすぎ

みづいろてふ曖昧ないろに塗り込めて夜な
れば夜のくらさにありつ

石垣の切れ落ちてゐるそのむかうくらきと
ころに鳴くウシガエル

櫓を漕ぎて湖心へむかふひるさがり凪の水面のねばりつく音

ふたたびを沈みゆきたる影なりき透明度の限り見えゐたりしも

裏にまはりＬＰガスの栓をあける夕闇が山を領しきる頃

火事のさなかに爆ぜる楽器を見しことの音のなき記憶になりて久しき

折りかへし

浅きみづに背をひからせて真鯉ありき朝のことなれどこのくらき溝の

星ありし頃の岩波文庫なり見知らぬ久保さんの蔵書印もちて

折りかへしたたみ込みたる夢のなか鉄橋をわたる音はふたたび

緑肥として鋤き込まれゆくこともあらむ陽をあびてぬくき土に手触れて

俺についてくるなといひてさびしきを背のたかき葦を踏み倒しつつ

落下点の草生をしばしさぐりゐしが腕で大きな輪をつくりたり

流水を盥のなかにみちびきて水落ちるところに寄り合ふ果実

陽光はざらついてばかりゐるものかひとをさらつて夕べしづかなり

鶴の庭

きんいろの西陽のなかのひとところほらあなのごとき杉木立あり

やはらかきみどりのなかに巣をむすびハシブトは鋭きこゑによばはる

南米に今宵月蝕があらむとぞ手帳から目をあげて言ひたり

脈絡も季節もあらず断片として積まれたる記憶ひきいだす

和解とぞ名づけられたる鎮圧の十五年のちにいまだのがれ得ず

回転の向ききりかへて構へたる小さきドリルドライバーが螺子をはづしゆく

もう、しばらく包丁を研いでゐなかつた玉葱を切るやうに降る雨

二月堂の高欄に寄りて書きしてふ絵葉書のふちのちさき文字たち

この草生かつては軍のものなりしと伝聞の伝聞に知るのみ

大部屋のあかり半分を消してのち帰らむとしてきみがふりむく

西大寺に着きたりといふメールなり報告事項の追記二つほど

きみの手のうすき筆跡はさまれてゐたりしメモに今し気づきぬ

木の下のベンチに眠るひとのすがた昼すぎたればひとあらぬベンチ

鳥あまた来て去りゆきし枝さきをいまだかかげてゐる枯れ木なれ

『戦ひは勝つべきなれや』坪野荒雄

戦中の哲久書簡を書きうつす手帳に書きて持ちあるくとや

ことさらに惨たる明日を見てしまひ晩成を期することのはるけさ

みづのなかに垂れてほのかに藻をまとひロープは魚《うを》をあそばせてゐる

ほつれたるロープのさきはいづれもはや泥とかはらぬ無明と思ふ

鶴がこゑとともに吐きたるしろき息を見しのみにしばしたちつくしゐつ

異界から呼ぶにあらねど階上の窓あきてわれを呼ぶ太きこゑ

曼荼羅

曼荼羅の下辺をまはりゐるごとき紀勢本線速度あがらず

常緑樹なれども冬の陽に透きて林床の草のほのぼのとせる

ハムスターを飼ふアクリルの容器なり膝に
抱へて少女うつむく

少女ひとりの旅ならむいくたびか網棚のう
への荷を直しつつ

単線にゆづりあひつつ越えにける半島南端
に冬陽まぶしき

ひつぢ田の既に素枯れてありたるを余光と
なりし空が照らせる

明日ここに雨をもたらす雲ならむ西の地平
に重くこごれる

きびきびと風上を向く風速計浮きしづみし
て鳶がまつろふ

人《じん》 間《かん》

火が入るのを待ちながら聞く近況のいつし
か深いところに至る

コスモポリタンとして生くるほかなしと脈
絡もなく言ひ出だすかな

うすら陽がホームに射してゐることを「のぞみ」通過を待ちながら言ふ

やはき雲を胸もとにまでひきあげて夏富士は黒き頭のみ見ゆるも

山肌を縫ふ道はところどころ見えて石垣の上を車が回る

高金利時代に入れし定期なり小額なれど利子におどろく

いつ購ひしCDなるやスピーカー正面に聴けば涙いづるも

さびしくはないかところゐが来て問へりつばきの葉のみ照る樹下闇

布袋草が水の酸素を奪ふとぞくろきみづぬまのうへの布袋草

人間《じんかん》にありて隠者のごとしともだしぬけにひとを評して言ふか

あとがき

一九九九年春から二〇〇三年末に発表した作品から四五〇首を選んで収める。二〇〇一年秋に刊行した第一歌集『雨裂』に続く第二歌集である。思いがけず高い評価をいただいた第一歌集のあとの第二歌集をどのようにまとめるか、というのはなかなか難しい。しかし、ここでまとめておかないとなおさら難しくなると思われるので、私の作品の現在のありのままを、ひとまずまとめることにした。この歌集も、前歌集同様におおむね編年体の三部構成として、適宜入れ替えたり改作をほどこしたものがある。

歌集表題の『エウラキロン』は、作品との関連で言えば、巻頭の「旅程」一連、とりわけ最初の二首による。「新約聖書」福音書の筆者であるルカが、「ルカによる福音書」の第二巻として記した「使徒言行録（使徒行伝）」は、イエス没後の使徒ペテロやパウロの足跡を伝えている。パウロの一行は、ローマへ向けての旅の途上、クレタ島の近海で暴風にあって難渋し、そののちはるか西のマルタ島に漂着する。その暴風が「エウラキロン」である。

ギリシャ語やラテン語に詳しい人によれば、「エウラキロン」は方位を表す語彙と関係があるようで、それほど異様ではないと思われるが、使徒の一行にとっては、聞きなれない呼称だったのだろう。わざわざ「『エウラキロン』と呼ばれる暴風」（新共同訳）のような伝文型になっている。季節風のなかでも、地形性の強い「おろし」風であり、固有の名前がついたものと思われる。

冬の海は危険を伴う。フェルナン・ブローデル『地中海』（浜名優美訳、藤原書店）によれば、「ローマ時代には、十月から四月までは、船舶に対して冬ごもりの命令が出されていた」のだという。しかしながら船の出ない時期に船を出すことで得られる報酬は大きい。その後も繰り返し、禁をおかして冬に航行する船舶の海難事故が後を絶たなかったらしい。もっとも、パウロのこのときの旅は言わば護送であり、遭難にしても、冬を越すのにより適した港へ移るための、クレタ島沿岸の短い航海の途上であった。自らハイリターンを求めるものではなかったのである。

一九九九年の春に京都から大阪に転勤した。それに伴って住居も、京阪間のいくらか大阪寄りである茨木市に移した。仕事のほうは自然現象を直接扱う現場からは離れたが、そのぶん、さまざまな土地に足を運び、多くの人と出会うようになった。いくらか世界を広げることができたかもしれない。子どもたちが成長してゆくにつれて、家族の関係も変容するし、幼稚園や小学校など、周囲にも自ずと世界が広がってゆく。そういうところで出会う人々、行きずりの人々に触発され、取材している作品が少なくない。歌集を出すにあたっては、家族も含めて、まずはこれらの人々に感謝しなければならない。

普段から作品を批評しあい、読みあうことのできる「塔」の友人たち、諸先輩がいることは、短歌を続ける上で大きな力になっている。とりわけ、永田和宏・河野裕子夫妻の叱咤激励がなければ、歌人としての私はなかったと思う。改めて感謝する次第である。

作品が書籍のかたちをとって場所を得ることは、電子メディアの時代にあっても、ものを書く者の喜びでありつづけるだろうと思っている。出版に際しては、今回も雁書館の冨士田元彦氏、小紋潤氏にお世話になった。深く御礼申し上げる。

二〇〇四年四月十二日

真中朋久

歌論・エッセイ

半透明の街

大阪と京都の間では、夏の昼間など窓をあけはなって仕事をしているとき、音をたてるぐらい不意に風が吹き始めることがある。日によって時間帯は違うが、だいたい昼前ぐらいが多い。それまではほぼ無風の、いわゆる「凪」の状態であるのが、とつぜん西風や南風、つまり海風が吹き始めるのである。

昼は海から陸に向けて海風が吹き、夜は反対に陸から海にむけて風が吹くという「海陸風」の気候の、吹いている風や凪の状態についてはある程度知られていることと思うが、その変わり目に出会い、それを認識したときには、ちょっとした感動を味わうことになるのだ。

河なかばまでひろがれる大阪の暑き煙霧に突入す　昼
煙霧―半透明の街と化し四百万声なく煮らる
『街上』

そういうわけで、高安国世の、これらの作品を読んだとき、ちょうどこの海風の吹き始める場面（海風前線の到達）に出会うような驚きを味わったのだ。

夏の暑い時期に、凪の状態から海風が吹き始めるというのは、体感温度がぐっと下がるから心地よいものである。ところが、臨海部には工業地帯があり、大都市の中心部は自動車の排気ガスや粉塵も多いから、そこから吹く風は大気汚染を内陸に広げることになる。逆に夜間の陸風は、陸上の大気汚染物質を含む空気を海上に運ぶことになるが、内海や湾のような場合にはそのまま吹き払われてゆくことがなく、淀んだ空気が半透明のドーム状になって滞留する。空気というものは案外混じりにくく、少しずつ広がり（拡散し）ながらも塊の状態で遠くまで移動するし、その土地にしつこく留まったりする。

右に引いた作品は、海陸風のことを描写しているわけではなく、おそらくは電車で鉄橋を渡るような場面であろう。それでも都市の大気の不連続性が直観的に把握され、高安国世の、ある時期からのスピード感のある空間把握とあいまって、私にはとても印象深く感じられるのである。

高だかと海近き空に湧く煙白く時なく陸になびかふ　『Vorfrühling』

海風といえばこういう作品。歌集の時期からして、西宮から尼崎、大阪市臨海部の工業地帯の煙突を見ているものと思われる。一本の煙突ではなく、林立する煙の、「時なく」は煙を吐き続けている様子であろう。そして、それが陸に向かってなびいているということに注目する。

ところで、よく知られているように、高安国世は長く喘息に苦しんでいる。幼時は芦屋の別邸で育ち、小学校時代は大阪市内で過ごすものの、中学への進学のころに体調を崩して、ふたたび芦屋で一年ほど静養する必要があったということは『全歌集』の年譜にも見える。

いま、喘息というと、体質のほうの問題ととらえられることが多いように思う。高安の場合に、もちろんそういう面はあるだろうけれど、煙都とも呼ばれた大阪の空気の、言わば公害患者として、その空気にさらされていたということは押さえておくべきではないか。

たとえばこれは、大正時代の新聞コラムであるが、当時の大阪の様子を概観するにはよいだろう。

東洋のマンチェスター、本邦工業の大中心、水の都の大阪は更に煙の都として重大なる意義を有つ、大阪の象徴として澪標は、煙突に其地位を譲らずばなるまい。

大阪市には千〇五十四本の煙突がある、最も多いのは北区四百七十八本最も少いのは東区の七十七本、ソレで一年の石炭消費量は実に二十五億万斤。かくて不完全燃焼より起る煤煙は大阪の空を黒くし、家根を黒くし、鼻の孔までも黒くする。

　嘗て大阪衛生試験所で三尺平方の硝子板に六日間野天に曝して置いたら約一匁七分強の塵煙が堆積した、之を分析したら衛生上有害なる炭分及硫酸を多量に含んで居た、同時に大阪市内の空気の硫酸含有量は兵庫県に比し約二・四倍に達することも発見した。（「大阪毎日新聞」一九一六年一〇月二一日／神戸大学図書館によるテキスト）

　尺貫法で記述される降下煤塵量は、これは現代の統計に直すと月あたり・平方kmあたり四〇トンぐらいであろう。この値は黄砂や土埃、海塩なども含むから、全てが煙ということではないが、現代の大阪の概ね二トン前後からすると、すさまじい量である。高度成長期の、公害が大きな問題になっていた地域の値にほぼ匹敵し、それはもう喘息になって当たり前の状況であろう。昨今問題になっている微細粒子（PM2・5）なども（測定そのものが最近始まったばかりのことで当時の統計は無いが）相当な濃度であったことと思われる。

　煙突は、臨海部の工業地帯だけではなく、右の記事にあるとおり、市街地にも多数あって、高安国世の生家である大阪市中央区道修町付近は、〈生薬《きぐすり》と藁屑匂う町なりき今ひややけきビルの街筋〉（『虚像の鳩』）とあるように、炉を構えた製薬会社が軒を連ねていたところであるが、これは近代に始まったことではない。ほかにも、南船場の住友銀行は江戸時代に銅精錬を行っていた場所であったりもする。

　煙突は町の活気を象徴するものであった。だから早い時期から煙の害が問題になり、それを「公害」として法規制（一九三二年）するのも、全国に先駆けてのことであったという。

　このことは、戦後もかたちを変えながら続くのである。


　臭う煙町に広場に漂いて形なき幼き恐怖は返る　『街上』

冒頭にあげた「突入す」の、別の章ながら少し前にあるこの作品の「恐怖」とは、もちろんさまざまなことがあるだろうが、「煙」から呼び起されるものとしては、喘息の発作を含む息苦しさであり、それをもたらす大阪の空気を思い浮かべることになるだろう。こういう文脈を前提にすると「突入す」も、ただ単に都市の空気の中に入ってゆくというよりも、もう少し重い心の動きとして感じられてくるのだ。

褐色の靄こめし午後燈ともさぬ友の不在の部屋に呼びかく　『街上』
黒き水淀める上に這う煙ここに働く君らわが知る
辛うじて呼吸妨げぬほどの煙一日をこめて君ら働く

たとえばこんな作品を読む。「褐色の靄」というのは、比喩ではなかろう。黄砂がやってきたりするときには、今でも靄や煙霧が褐色になることはあるが、この作品の表現は、当たり前に昨日も今日も褐色という印象だ。

二首めはおそらく、工場の歌会で指導をしていた時期（〈次つぎに歌やめてゆく工場の歌会より遠く一人帰り来〉『夜の青葉に』）があって「わが知る」なのだろう。そういった折に工場内の環境をかいま見たのか。昨今は、労働者の衛生のみならず品質管理の観点から、ここまでの悪条件は零細企業の現場に限られるようになってきたが、これが当時の大企業の大工場の現場である。

少し前後するものも含めて、煙の出てくる歌を拾ってみることにする。

ただ一つの実体として寒空に黒く激しくひろがる煙　『街上』
黒きけむり煙突に沿いくだるときいさぎよからぬこと思いいき　『虚像の鳩』
汽車の煙吹きちぎれ臭う冬疾風温室に微かに招く鴇《とき》色

角ばかり街を埋むる遠景にまるまるとした煙が上がる
『一瞬の夏』

煙の描写はわりあい多い。一首めのように、それを「ただ一つの実体」というのは、かなりユニークなのではないだろうか。煙は雲散霧消するものではないのだ。直前に〈むらさきに染まり少女らゆらめける美容室ありビル中核に〉があったりすることからして、電飾輝く都市のあれこれが、むしろ虚像であるかのように見えるということだろう。

煙は高く上るものかというと、必ずしもそうではない。温度が低く、煤塵を多く含んでいたりする場合、また煙突・建物の風下側に気流の乱れがあるような場合に、吐出された煙が流れ落ちるようになることがある。三首めは二首めの直後に配置されているが、機関車であれば煙のふるまいもさもありなんというところ。そして、そんな情景から「いさぎよからぬこと思い」というのは、なにか微笑を誘うようだ。

四首めなども、どちらかというと素朴な把握であるけれど直線によって構成される建物群のなかに上がる煙の様子を「まるまると」と見ているのは面白い。色の描写はないが、水蒸気が凝結しつつ吐き出される白煙か、煤塵を含む黒い煙か、いずれにしても濃密な、かたちのある煙が「街」のなかで吐き出されている。だが、一九七〇年代に入ってからの歌集『一瞬の夏』ということを思うと、むしろ珍しくなりつつある煙に目をとめているようなこともあるかもしれないと思うのである。

表現の中にあらわれる現象や事物は、作者の周囲に実際にあるものを直接には反映しないのだ。反映するとしたら、〈きざし〉や初遭遇の驚きであり消滅してゆくものへの哀惜が、歌をつくる心に何がしかの働きかけをすることが多いだろう。

透明の靄は包みて街ひろがるきたらんか我に苦しみの夏
『虚像の鳩』

ケーブルカーくだればすでに煙霧におい行く

かたもなし遊ぶ暑き日

『街上』は一九五〇年代から六〇年代のはじめ。それに続く『虚像の鳩』は一九六〇年代。見ているところが違うが、視覚的に捉えられた「這う煙」や「褐色の靄」から「透明の靄」に、いくらか趣がかわる。光化学スモッグが話題になるのは、もうすこし後の時代であるけれど、煤塵を多く含む黒い煙ではなく、法規制によってある程度の対策がとられつつ、なお都市の空気が微細な粒子やガスによって霞んでいるという時代を、いくらか先取りしているように思われる。

もう少しあとの時代の作品を読んでみる。

煙出さぬ工場群に朝の日がからりと差せり冬はたのしき　『一瞬の夏』

煙吐く工場ほとほと無くなりて見えざるものの満つる気配す

真白なる真直ぐなる煙あがりいて冬街空の青をおどろく

これらの作品の「煙出さぬ工場群」とは、どういうことだろうか。冬であり新年であるから工場が操業を休んでいる。だから煙を出さないということになる。だが、それはそれとして、同じころの冬の景色である三首目の、煙の白さと空の青さのコントラストは、たまたまこの日の条件であったかもしれず、また前述のとおりこの時代の大気環境を即反映するものとも思われないが、青空が次第に取り戻されてゆく過程での空を仰ぐ驚きなどがあるように思うのだ。

もっとも、黒い煙や灰褐色の煙は少なくなっても、半透明はあいかわらずである。透明、あるいは透明に近い半透明になっても、「見えざるもの」は、さまざまにかたちをかえて我々を脅かしているのであるが。

真夏陽に霧《き》らう都会をはかなまん心は杳き幼

き日より　　　　　　　　　　　　　　　　　　『一瞬の夏』

大阪という大都市の〈空気〉は、高安作品に色濃く残されている。空の色も時代によって違う。そして大正・昭和のさまざまな煙の匂い／臭いが、読者の周囲からどんどん遠ざかってゆくということも思うのである。落ち葉焚きの煙の匂い。炭火の匂い。石炭をくべながらゆく機関車の煙の臭い。高安作品を読むときには、五感のうちの視覚・聴覚だけでなく、さらに意識的に嗅覚などのチャンネルも開いてゆくと、その〈空気〉が生々しいものとして感じられてくるのだ。

（「塔」二〇一三年五月号）

水漬きたる童話の本
――木俣修

年譜（明治書院版『木俣修全歌集』）によれば、木俣修は昭和十八年から昭和三十七年まで世田谷・太子堂に住んでいて、その後は晩年まで杉並・上高井戸の風鳥居ということになる。

世田谷から杉並への転居に関しては、『呼べば谺』の巻末近くに「太子堂町二百十五番地」という表題で、太子堂時代を回顧する一連があり〈みまかりし子の落書のある壁を妻は惜しむか移らんとして〉などが心に沁みるが、いまは次のような作品に目をとめてみる。

庭草に蝗蛄《ばつた》のすまずなりしさへ異変となしてさとく住みきつ　　　　　　　　　　　　『呼べば谺』
地主の親子二代とあらそひてながかりき借地

に住むくるしみも
猫ぎらひのわが家《や》を楽園として猛《たけ》る鼠を憎み
来し二十年
ゆふべより働きにゆく女住むアパートを背に
するべくなりぬ

同じ歌集の巻末「書痴のごとく」にも転居をめぐる思いが詠まれる。大量の書籍をどうするかというのは、ものを書く仕事をする者にとっては共通の悩みであり、ことに転居となると、頭を痛めることになるが、それが〈書籍の料《しろ》母のへそくりに頼りにき報いざるままに母に死なれき〉であったり〈血のにじむごとき銭もて兵の日にも集めき初刻本著者署名本〉という思いの込められたものであれば、なおさらのこと。この一連からは次の作品を引く。

戦禍水禍くぐりきたりし反故《ほご》の類《たぐひ》書架にあら
しめわが代《よ》終るまで

戦禍というのは、（個々人の受け止め方に軽重あるとはいえ）戦後日本全般にかかわることである。「水禍」とは、おそらく昭和三十三（一九五八）年の九月のこと。作品としてはこの歌集に「出水のあと」がある。

あらはれし路上の石に水漬きたる童話の本を
干す幼ならは
畳なきむなしき部屋に夜もすがら自在にはね
てこほろぎ鳴けり

冒頭の二首から。年譜には「台風二十二号のため家屋浸水」とある。この台風は「狩野川《かのがわ》台風」と呼ばれる。主な被災は静岡県の狩野川流域だが、その名で呼ばれることによって、他の地域の災害は忘れられがちだ。このときは関東圏も大雨で、東京・山の手の中小河川が軒並み溢れ、がけ崩れなども起こって死者・行方不明者も四十六人を数えるという。

一首めの「あらはれし」は、「（水から）現れし」

なのか、「(水に)洗れし」なのか。水が引いてすぐということも考えにくいから後者であろう。いずれにしても、水に浸かったものを洗ったり干したりしなければならない中で、幼い子どもたちと「童話の本」という題材から入るのが木俣らしい。二首めの「こほろぎ」は、明治にさかのぼって伊藤左千夫の作品を思い出す。本所茅場町でたびたび浸水被害をうけた左千夫の、その最初のころの〈うからやから皆にがしやりて独居《ひとりを》る水《み》づく庵《いほり》に鳴くきりぎりす〉〈牀《ゆか》のうへ水こえたれば夜もすがら屋根の裏べにこほろぎの鳴く〉である。ここでは水の引いたあとの部屋に「こほろぎ」が自在に跳ね回っている。

浸水をのがれたる書棚のかげにゐて疲れたる身のしばしまどろむ

水あびて文字にじみたる草稿を炭火にあぶる夜のふくるまで

床《ゆか》あげてまきし石灰出水のあとにはかに冷ゆる夜気に匂ひ来《く》

「浸水をのがれたる書棚」もあるが、低い位置に置いてあったものを濡れない場所に移す余裕がなかった。大きな川が近くにあるわけでもなく、浸水など予想もしていなかったのだ。泥水のにおいも消毒のために散布した石灰のにおいもしばらく抜けることはなかっただろう。

　この五首が「出水」に直接かかわる作品で、一連のあとの六首の関係はわからない。うち三首を引く。

秋のひかりきみが遺作に澄む画廊ただよふごとくわが歩みゆく

子らの部屋に鳴るオルゴール東支那海にそれし颱風を告ぐる夜ふけに

歌ごゑにはじまる集ひ夜学終へし貧しき彼ら影のごと寄りて

直接の関係はないかもしれないが、一首めの「ただよふごとく」に、被災の疲れや、水に流されるもののイメージが、どこか背後に見え隠れする。二首目の「東支那海にそれし颱風」も、「台風二十二号」を意識しながらその後の台風の情報を聞いているのだろう。

　念のため、この年の台風について確かめてみると、直前の台風二十一号がやはり上陸して九月十八日ごろに関東を通過している。台風二十二号の上陸が九月二十七日だから、ほんの十日ほどの間に相次いで台風がやってきたのだが、それは二十一号による雨で地盤がゆるんだり地下水位が上がっているところに二十二号がやってきたということにもなる。問題は「東支那海にそれし颱風」なのだが、これがわからない。二十三号は太平洋の東の彼方で発生・消滅している。二十四号と二十五号はフィリピンから中国の海南島方面へ、すなわち南シナ海に向かっている。二十六号は日本に接近して、これも東シナ海には向かわなかった。以後、この年の秋の台風で東シナ海に入るものはない。あるいはラジオやテレビの声の「南シナ海」が、著者には「東シナ海」と聞こえたということもあるかもしれない。記録ではなく、文学なのだから事実と結びつけなければいけないということもないが、事実としての「出水」が題材になっている一連なので、注意をしておいてもよいだろう。

　つづく一連「寒雨のなか」の冒頭は「三児同時に入院」という詞書を伴う。年譜で「その後二児ジフテリアの疑いで入院」とあるのと食い違うが、一人だけ回復が早くすぐに退院したりすることを考えればあり得ることだろう。

　　四人《よたり》の児《こ》ひとり奪《と》られしわが家《いへ》をさけて通れ
　　　よむごき「子奪《と》り」ら
　　寒《さむ》雨のなかにさまよふ「子奪り」のこゑこの
　　　夜必死に戸を閉ぢ籠る
　　三人児《みたりご》のねむるベッドの部屋の外「子奪り」
　　　やらふと今も来て佇つ

洪水による衛生状態が悪化から伝染病が流行する

ことがあって、ジフテリアもその一つである。「赤い鳥」などの投稿から出発し、北原白秋のもとで学んだ作者にとっては、それほど突飛なものではないだろうけれど、「子奪り」という妖怪めいたものが登場することに、すこし驚く。部屋の外に立って防ぐという姿勢もことさらだが、それはやはり長男を亡くしてからの心のありどころとして演技というものでもなかったのだろう。

伊藤左千夫を苦しめた明治の水害は東京の下町が中心で、荒川や隅田川の氾濫によるものだった。それはこれまで浸水が問題にならなかった低湿地が都市化して、浸水が災害に直結するようになったことや、上流の、たとえば足尾銅山周辺の山の荒廃による保水力の低下であったり、さまざまな環境の変化が背景にあってのことである。

山の手の小河川があふれた昭和三十三年の狩野川台風はちょっと様子が違うが、これもまた、高度成長期にさしかかる都市環境の変化が背景にある。

丘陵と浅い谷の入り組んだ地形は、関東平野によく見られるものだが、その谷の水田＝谷地田《やちだ》は、雨が降れば水位を少し上げて水を保っていた。台地の上の山林や畑にも雨水がしみこんだ。そういったところに家が建ち、道がアスファルトに覆われれば地面に浸透することのできなかった雨水は下水や小河川に流れ込んで、溢れさせることになる。

木俣修の世田谷の家も、そんな谷地にあった。今は暗渠化された烏山川にほど近く、川岸からの標高差もほとんど無い。川が溢れればすぐに一帯は水浸しになっただろう。

出水のあと、杉並への転居までに四年ほどの時間がかかっている。転居の理由は浸水だけではないだろうが、冒頭に引用した「蝗蜥《ばった》」などを思えば、出水の前兆に、かなり敏感になっていたこともうかがえる。地主との係争にも、出水に関係することがあったかもしれない。

禍《まがごと》というものは、ある場合にはそれが神意のように思え、ときには、自身の選択の誤りとして悔いることにもなる。「水禍」も人の暮しを一変させかねないものだが、このときの木俣は生活を保ち得た。作品の中で回顧されることは少ないが、例えばこんな作品の中に深い嘆息を読むことができるだろう。「水禍」だけではないだろうが、世田谷の二十年は涙ぐましいような日々だったのだ。

太子堂の手ぜまの室の狼藉をなつかしみいふ
眼《め》をうるませて　『昏々明々』
何も彼《か》も裏目となれる一時期を持ちたること
も忘れゆくべし
（「木俣修研究」16号）

自然——気象と風水害を中心に

平成になったからといって、自然が大きく変わるわけではないのだが、数十年周期ぐらいの変動が、時代の節目と歩調を合わせるように見えることは、ある。とくに、社会の変化が大きいとき、わたしたちのものの見方も、それによって影響されるから、あたかも人の社会のことが天上・地下に反映されたように感じたりする。

たとえば風水害。第二次世界大戦中にも気象災害は少なくなかったはずだが、報道の統制などもあって、全国的に知られるものではなかった。一九四五年、戦争が終って間もなく、GHQが厚木から東京・有楽町に移転したのが九月十七日。ちょうどその日、鹿児島県の枕崎に上陸した台風が「枕崎台風」と呼ばれることになる。その三週間ほど後に、やはり鹿児島県の阿久根に「阿久根台風」が上陸して、前者は死者・行方不明あわせて四千人近く、後者も四百人近くが犠牲になっている。やっと平和になったとはいえ、いまだ生活が疲弊しているところに、じつに惨いことである。言うまでもなくGHQが台風を連れて来たわけではなく、駐留米軍にも被害が出ている。その後、米軍の流儀で女性名で台風を呼んでいた時期を経て一九五九年の十五号台風「伊勢湾台風」の頃まで、毎年のように台風のもたらす風水害によって千人規模が犠牲になっていた……というように、過去形で語られていた。

ダムや堤防が整備されて、少々の雨では川が溢れなくなったということもあるのだが、じつは伊勢湾台風以後、それほど大きな台風は来ていなかった。津波はもちろん、地震も同じ理由で「関東大震災」を参照し続けてきたわけだ。

様子が変わってきたのが平成になる頃から。そして、そのことにはっきり言及できるまでには時間がかかる。一九九五年の阪神・淡路の震災について論じる中で、「災害多発時代に入った」と言われはじめたのではなかったか。散発的な現象が、たまたま多いのか、多くなっているのかを判断するのは簡単ではない。

震災については別に扱うことになっているので、ここでは風水害を中心に、自然と人間について詠われた作品をたどってみることにする。

対岸の堤防どどと崩れゆき川が己を失うところ
上野久雄『バラ園と鼻』

作者の住んでいたのは山梨県。歌集刊行時期と、山梨県での災害の記録を確認すると、これは一九九一年八月二十日〜二十一日の台風十二号による河川氾濫や土砂災害。台風は九州の西の海上を北上していて、台風によってもたらされる暖湿流によって局地的な豪雨になったものと思われる。この作品「川が己を失う」という擬人法が面白い。治水というのは人間が水を治めるということで、近代日本では、それは主として川を堤防の中に押し込めるということになった。とすると、堤防を越えて、堤防を崩して水があふれるのは、川が本来の己を取り戻すのではないかとも思えてくる。「己を失う」というのは、むしろそういうことであるかもしれない。

台風十二号は死者・行方不明が八人という大きな被害をもたらしたのだが、この年には、台風十七号、十九号の被害がさらに大きくて、台風十二号はほとんど忘れられたようになってしまう。台風十九号は「りんご台風」として記憶している人も多いだろう。

台風禍のがれし林檎くれなゐはひしひしとして信濃より来つ　　馬場あき子『青椿抄』

台風の近づけば今日は欠席すりんご農家の美香子と恭子　　福士りか『フェザースノー』

必ずしもその十九号かどうかはわからないが、台風が来れば被害を最小限にするため、少々早くても急いで収穫をすることになる。「ひしひし」は、箱に勢ぞろいした様子か。眼前の果実にも、運命のようなものを感じるし、いざとなったら家族総出の作業になるというのは、昔も今も変わらないのだろう。

風水害ではないが、この年、一九九一年には火山の噴火もあいついだ。

火山灰降《よな》りて空うす曇る村棲みの長き昭和の尾をひきずりて　　築地正子『みどりなりけり』

九州は火山が多く、降灰もやっかいだが、このときの雲仙普賢岳は大規模な火砕流の暴威を知らしめた。被害の大きさもさることながら、この作品のように、昭和から平成の時代に入って何が起こっているのだろう? という戸惑いも少しずつ感じられていたように思う。

ピナツボの火山灰降りて紫に夕暮れてゆくこの冬の日よ　　西岡光雄『紅きさざん花』

フィリピンの火山が吹きあげた火山灰によって、夕焼けが異様な色だった時期がある。教科書の知識としてはエアロゾルと気候の関係――火山の大噴火の後はしばしば冷涼な気候になるということは知られていたが、実際に、はっきりとそれを経験することになるとは思わなかった。その二年後の一九九三年がじつに大冷夏となるわけである。

冷害に稔らぬ稲田のつづくはて原発基地の夜空明るし　佐藤祐禎『青白き光』

外米は絶対食はぬと言ふ人の戦後の記憶癒しがたかり　馬場昭徳『河口まで』

原発にかかわる作品で後に注目される佐藤祐禎であるが、原発立地そのものが、しばしば冷害にみまわれるということも背景にある。ことにこの年の冷害は、ほとんど米が収穫できないという厳しいものであった。馬場作品は米穀店の立場であり、品不足で価格が高騰する国内米にかえて、輸入された長粒種を勧めているところ。ここで「戦後の記憶」というのは、戦争による疲弊ということだけでなく、さきに触れたように戦後十数年の間、台風災害が多くて農業生産が安定しなかったということもある。その頃に輸入された米は、食べ慣れないというだけでなく、輸送や保管も粗雑で品質がよくなかっただろう。この年には梅雨どきの豪雨や台風、九月には台風十三号が大きな被害を出している。冷夏というのは気温が低いだけではないのだ（温暖化も暖かくなるだけでない）。

紙のやう瓦礫散らばる屋根受けし瞬間最大風速五十六メートル　今西秀樹『実生』

女がこはれてゐるのでないが　台風に壊れてゐたり室生寺の塔　米川千嘉子『一葉の井戸』

一九九八年の台風七号。今西作品の風速は三重県上野での観測値。この台風は近畿圏の寺社の被害が大きく、「女人高野」と呼ばれる室生寺では五重塔が損壊している。米川作品の投げ出したような上句は驚きや当惑を滲ませる。

　最初に引用した上野久雄の作品がそうであるように、台風が接近して直接に影響を及ぼすだけでなく、梅雨前線や秋雨前線が南西海上の台風に刺激されて豪雨をもたらす例も少なくない。次に引くのは「二〇〇〇年九月十一日東海豪雨・洪水」とある作品。このときも、台風は九州の西を北上したが、被害は西日本各地に及び、東海地方では「伊勢湾台風以来」の洪水となっている。

　この世徒労に終らむところ突き当たり濁流に
　巻かれ膝まで濡れて　斎藤すみ子『梅園坂』
　太刀打ちできぬ苦痛つぶさに思はしめ街の南
　部を襲ふ竜巻
　運転再開あかときのわれを待つらむか着衣の
　水をかたく絞れば
　浮くものは浮きてひしめく濁流を歩めり交通
　寸断されて

帰宅難民というのは、交通機関が不通・運休となって家に帰れないことを言うが、ここでは直接に浸水の中に取り残されている。雨だけでなく竜巻も発生している。「着衣の水をかたく絞」るというのがリアルだ。

二〇〇四年は台風二十三号が大きな被害をもたらした。

　災害の続けばその死者八十の台風禍しみじみ
　報道されず　秋葉四郎『東京二十四時』
　水没のバスの屋上に逃れ出で一夜耐へたり老
　ら賢く

とくに二首めは由良川の氾濫の、救助を待つ様子、救助の刻々の様子は中継され強い印象を残した。「災害の続けば」というのは、一つには、この年の上陸台風が観測史上最多の十個であったことがある。次から次へ台風がやってきた。そしてまた台風二十三号の直後に新潟県中越地震が起こっている。

土石流に堰かれたる川あな危ふ地震湖の水位刻々上昇　　宮英子『やがての秋』

地震は地面が揺れるだけでは済まない。大雨の後であれば地盤が緩んでおり、谷川は増水している。地震によって崩れた土砂で谷が塞がれば、それを天然ダムとして水がたまることになる。不安定な土砂が水といっしょに動き始めれば、さらに大きな土石流となるだろう。地震によって不安定になった土砂がちょっとした雨で崩れるということもある。

被害の著しかった山古志村はヘリコプターで吊り上げられる牛の映像が印象的だった。新潟は宮柊二の出身地であり作者には思い入れも深かっただろう。

谷に入り帰らぬ人のあるゆゑに水辺の樹々は影をしづむる　　柏崎驍二『百たびの雪』

こちらは二〇〇八年の岩手・宮城内陸地震。土石流による死者も出ている。この地震も相当に大きかったので、三年後にさらに大きな地震と津波に襲われるというのは、可能性として考えても、なかなか実感をもって想像できるものではない。

そしてまた、東日本大震災が巨大すぎたために、その直後の台風への関心はローカルにとどまってしまったかもしれない。二〇一一年九月の台風十二号は百人近い死者・行方不明が出ていて、これは二〇〇四年の台風以来の大きな被害なのだが。

土砂降りの五日目にして山間を征する谷にのたうつ水は　なみの亜子『バード・バード』

停電にランタン二つ灯しおり　崩《くえ》たんどこやろ　とあなたの声に

山が、そこを走る水が生々しく感じられる。かろうじてその襞のなかに息をひそめているような、自然が荒ぶる姿をあらわすとき、あらためて、そこに自分たちが存在しているということを感じるということもあるだろう。

飛翔する岩のおそろし山津波にひとつまみほどの集落は消ゆ
小黒世茂『やっとこどっこ』
深層崩壊山の動きて犠となる中学生よ祖母を援けて
米田律子『木のあれば』

小黒作品の「山津波」もこのときの土砂災害。集落ごと飲み込まれたり、道路が寸断されて孤立する集落も多かった。「山津波」は土石流や斜面崩壊などを指す昔からの言葉。

米田は「深層崩壊」という言葉に深く感じるところがあったらしく、以後も何度かこの語彙を使っている。山の斜面の深いところからごっそり崩れる。動くのではなく崩れるというのは、人の心についての象徴的なニュアンスも感じられるだろう。

農機具は失はれたり刈られむとよろこび待ちし黄金《きん》の稲田も　米川千嘉子『牡丹の伯母』
泥海となりし刈田に鷺の来て蝶のごと群れなにか漁れる
昨日《きぞ》復旧せし会館は冷えをりて震災豪雨の歌を批評す

関東・東北豪雨で鬼怒川が氾濫したのは二〇一五年九月。水害被災地は、米川の住んでいたところにも近いという。延期となってようやく開かれた短歌大会には、豪雨の歌が多くなっただろう。震災からも、まだそれほどの時間が経っていない。

濁流に支へがたなく流れゆく黒きワゴンにいくたり乗るや
篠弘『司会者』
己が田の水に浸《つか》るを見回りてことしも老農夫流されにけり

抱く児を水の激《たぎ》ちに奪《と》られたるかかる悲劇は
この世にあらず

西日本豪雨は二〇一八年。主にニュースからの取材の様子だが、抑制された文語表現が重く響く。

平成に入る前後から自然災害が多発するようになり、その傾向は、令和に入った今年も終息のきざしは無い。そもそも、終息したかどうかというのは、十年ぐらい過ぎてみなければわからず、そこで次の多発時代が始まっているかどうかも、さらに十年ぐらいたたなければわからないものだ。

地球温暖化という観点でシミュレーションすれば、だいたいは台風や豪雨が増える予想になる。さまざまなシナリオを「想定」して、堤防やダムで防げることは防がなければならない。しかし前例がない規模の台風がやってきたり、豪雨をもたらす前線が居座ったり、ほとんど毎年のように新しい経験をしているのが昨今である。「想定」を見直しながら防災施設を整備しつつ、なお間に合わないところは、運用で対処するほかはない。それはつまり、一人ひとりが自分の命を守るための行動をとるということにほかならない。

ハザードマップということばを耳にすること
はなかった幼き頃は　　井上雅史「2933日目」

空調は浸水想定図を作るわたくしの目を干か
らびさせて　　川島結佳子『感傷ストーブ』

のぞき込むハザードマップ見るほどにわが住
む土地のいかにか狭き　池本一郎『萱鳴り』

わが目には坂に見えざるこの道の勾配示すハ
ザードマップ　　長嶺元久『カルテ棚』

あらかじめ、自分の住んでいる土地にどんな危険があるのか知っておくための地図＝ハザードマップを作るようになったのは最近のことだ。二首目の川島作品は、その作成に関わっている仕事の歌。ハザードマップも「想定」であって、まだそこに描かれていない危険もあり得る。天気予報も避難を促す情報も完全ではないから、当分は作るのも使うのも試行錯誤をすることになるだろう。

池本作品の「狭き」というのは、おそらく安全に暮らすことができる場所は狭いということ。平坦地と思っていても、微かな高低差があったり、身を守るという目的を忘れてもさまざまな発見がある。

すこし見方を変えてみる。さまざまな情報を手掛かりに、想定外を（空想ではなく）想像しようとすることは、生きのびるために必要というだけではなく、自然を見る・考える・感じることにつながる。それは私たちの精神生活を豊かにすることでもあるのだ。

（「塔」二〇二〇年一月号）

天地の間

明治初年のころ、教科書あるいは教材として使用された書物に、小幡篤次郎『天変地異』というものがある。西洋の書物の「取集め翻譯」しかも「原書の如きはその数一ならざれば、一々爰《ここ》に書載せず」という。そのようにして西洋の考え方をどんどん取り入れていた時代である。ほんとうは天も地も奇怪なものではないのだと自然科学の知識で解説しようというものであり、「天変地異の解」としたかったが長たらしくなるから『天変地異』にしたという。「天変地異」という考え方は克服すべきもの、否定すべきものとして捉えられている。

もとより十九世紀の知識であるから、現代の目から読むと奇怪なところも多いが、自然現象の恩恵も暴威も〈神だのみ〉だった段階から、そこに理屈があるという考え方を中心にしてゆく転換点でもあっただろう。

明治時代のなかば過ぎ、伊藤左千夫は現在の東京・錦糸町あたりで牛を飼い、牛乳を生産していて、そこで何度も水害に見舞われた。天変地異とは概ね災害のこと。左千夫にとって、それはどういうものだったか。

うからやから皆にがしやりて独居《ひとりを》る水《み》づく庵《いほり》に鳴くきりぎりす　　伊藤左千夫

牀《ゆか》のうへ水こえたれば夜もすがら屋根の裏べにこほろぎの鳴く

只ひとり水《み》づく荒屋《あれや》に居残《ゐのこ》りて鳴くこほろぎに耳かたむけぬ

牀《ゆか》の上に牀《ゆか》をつくりて水《み》づく屋《や》にひとりし居ればこほろぎのなく

一九〇〇（明治三十三）年の「こほろぎ」から引いた。のんびりしているように見えるが「八月二十八日の嵐は、竪川の満潮を吹きあげて、茅場のあたり湖を湛へ、波は畳の上にのぼりぬ、人も牛もにがしやりて、水の中に独り夜を守る庵の寂しさに、こほろぎの音を聞きてよめる歌」という詞書がついて、おそらく避難の段階ではもっと緊迫した場面はあっただろう。

家を守るために、一人そこに留まっているということに少し驚く。昨今の水害では、大河川の堤防が決壊して濁流の強い流れが木造家屋を倒壊させたりする場面を映像で目の当りにしたりする。なまじ堤防が整備されていないぶん、数年に一度は浸水があって、その経験と慣れがあるから濁流による倒壊の危険は想定外だったのだろう。

面白いのは、「牀の上に牀をつくりて」というあたり。別の水害のときの文章には「仮床というは台所の隣間で、南へ面した一間の片端へ、桶やら箱やら相当に高さのあるものを並べ立てて、古柱や梯子の類をよろしく渡した上に戸板を載せ、それに畳を敷いたものである。」（「水籠」一九〇七年）とある。つまり水害常襲地帯の備えとして、床上浸水しそうな時には、あらかじめ畳を上げておくわけだ。個人の責任で被害を最小限に抑えようとしているとも言える。ここでは「天変地異」に類する語彙はほとんど出てこない。

　そんなふうな水害常襲地帯であるけれど、一九一〇（明治四十三）年の「水害の疲れ」になると、タイトルのとおり、かなり疲れている。

四方《よも》の河溢《あふ》れ開《ひら》けばもろもろの叫びは立ちぬ
闇の夜の中に　　伊藤左千夫

針の目のすきまもおかず押し浸す水を恐しく
身にしみにけり

この水にいづこの鶏《とり》と夜を見やれば我家の方
にうべやおきし鶏

闇ながら夜はふけにつつ水の上にたすけ呼ぶ
こゑ牛叫ぶ声

　このときの水害については、散文「水害雑録」のほうにいきいきと描かれている。いつものように仮牀を上げて浸水をしのぐことができたのだが、雨があがって「二日目の午後五時頃」になってにわかに周囲の河川・水路の水位が上がる。いよいよ「仮牀」で耐えられなくなり、総武線の高架の上に牛を避難させたりすることになる。上流の洪水が時間をかけて河口に到達したということなのだ。

　この時代には足尾銅山などによる流域の荒廃があって、それが原因の一つと言われる。災害をもたらす条件は人為的にも、自然そのもののバランスからも変化するが、それはしばしば気がついたら変化していたというようなものだ。想定外のことはいつも人を慌てさせる。心労は伊藤左千夫の寿命を短くする原因にもなっただろう。

　この水害は、東京の災害の歴史の中でもとくに特筆すべきもので、これをきっかけにはじまった「荒川放水路」の工事は、関東大震災で中断を余儀なくされながら、一九二四（大正十三）年に完成している。

　一九二三年の関東大震災にかかわる作品は数多く

あるが、ここでは佐佐木信綱の「大震劫火」という一連から引くことにする。

まざまざと天変地異を見るものか斯《か》くすさまじき日にあふものか　佐佐木信綱『豊旗雲』
天をひたす炎の波のただ中に血の色なせりかなしき太陽

幕末の安政期には、安政江戸地震（一八五五年）やその前後にも巨大地震があったが、その後しばらく大きな地震が無かった。「天災は忘れた頃に」というのは、寺田寅彦の談話かなにからしい（文章としては「天災と国防」の趣旨がそれに近いと中谷宇吉郎が書いている）が、やはり多くの人にとっては予想もしないことであっただろう。「まざまざと……見るものか」という驚きはそういうことだ。「天をひたす炎」＝火災の被害が大きいというのは、江戸以来の歴史を俯瞰してみればどこかで見たことのある風景であるのだが、想定外のことは受け入れがたく、神話あるいは観念の世界の「天変地異」という言葉も出てくることになる。

この「大震劫火」の後半に「帝都復興」という見出しで五首がつづく内の三首を引く。

ちりと灰とうづまきあがる中にして雄々し、都の生るる声す
ものみなの今し新たに生れいでむわが東京に幸あらせたまへ
大き都よみがへりたり人間の力おもふに涙こぼるる

関東大震災をきっかけに変わったことは多い。火災の延焼を防ぐために道幅を拡げ、新たに建設する重要な建物は鉄筋コンクリートに変わってゆく。このち一九九五年の阪神・淡路の震災まで、「関東大震災級に耐えられるかどうか」が耐震基準ということにもなったわけだが、ともかくそうして東京の姿が変貌してゆくことを肯定的に受け止めようとして

いる。

自身にふりかかった被害の程度によっては、なかなかこのようには思えないかもしれないが、災害というのは、ある種のリセットである。生きている限り、どうにかして立ち上がらなければならない。そういう場面の〈祈り〉へ向かう心を「天変地異」という観念が開くということはあるだろう。

自然現象には理屈があり、科学的に解明可能なものであると知っていても、経験と慣れは人の想定の範囲を狭くする。想定外のことと出遭うことによって人はうろたえ、原始人と変わらないところに立たされる。

そのことはまた、自然科学的な理解が神話的な「国《くに》土《つち》」ということと矛盾なく結びつくということでもあるようにも思う。地震や火山、豪雨による山崩れ、河川による土砂の運搬など、さまざまな自然営力の結果として国土はこのようにある。その美しさを数え上げ、他には無い美しさだと力説したのは志賀重昂『日本風景論』（一八九四年）であり、それは明治期のナショナリズムを大きく膨らませたが、自然に向き合うということは、直接に文芸の主題になり、そのように自然と向き合っているという自意識もまた、歌人の心を奮い立たせてきた。

天霧の霽るるたまゆらまなかひに迫りて赫き峯の岩崩え　萬造寺齊『山嶽頌』
焼が嶽山のなかばは八千尺の深谷底へ崩れ落ちたり
大地はうごめく。／黒土を突き破つて、／無数の若芽が今萠え出るのだ。

たとえば萬造寺齊は昭和のはじめの頃、精力的に山に登り、山の歌を残している。「岩崩え」が、眼前に迫ってくるというのは、自然讃歌というにはいささかグロテスクであるが、そのように力強く、グロテスクに迫ってくるものもふくめて、日本の自然なのだということだ。焼岳（「焼が嶽山」）の大正時代の噴火に伴う土石流で梓川がせき止められ、大正池ができたのは、まだ記憶に新しかったころ。焼岳の斜面は雨裂侵食の谷が何本も刻まれている。八千尺というのは谷底のどこと尾根のどこを測る深さなのかにもよるが、不安定な土砂を深く抉る谷を覗きこむのは、なかなか恐ろしい（焼岳の谷は筆者の学生時代のフィールドであった）。

多行書き（改行を「／」で示した）ののびのびとした作品も「大地がうごめく」というのが面白い。焼岳はもちろん、有珠山も明治の噴火で山容を変えている。大地は不動ではない。例外的なことではなく、眼前に力強く動く大地があることに、人間の側が一体化するような感動が歌われる。

地異地変逃れがたかる列島に足指十指ひろげて立たむ　春日真木子『燃える水』

カルデラの真中《まなか》火を抱く山ありて九州はわが歌のみなもと　伊勢方信『分水嶺』

荒々しい自然こそ自分たちの拠り所であるという感覚は現代歌人にもある程度は受け継がれている。雄大な自然に言葉で向き合おうとすれば、そうなる。さまざまな災害があることを承知で足を踏みしめている。さらに、それこそが「歌のみなもと」であるという。

ところで、そんなふうに災害と自然、天変地異ということを思うとき、本当に巨大なものを直接経験した人の作品は残らないということも思うのだ。逆に言えば、言葉として残らなかった巨大な現象がある。しばしば「未曾有」という慣用句を冠して大きな災害が語られるが、千年に一度という災害は、千年に一度ぐらいはおこり得ることである。万年に一度とか、有史以前のことを視野に入れれば一民族、あるいはいくつもの生物種が絶滅するぐらいのことはいくらでもあったわけだ。

浅間嶺の火山灰《よな》まじりゐむ赤土の関東ローム層踏み応へあれ　春日真木子『燃える水』

十字路を曲るダンプが零《こぼ》し過ぐ関東ロームの

鮮しき土　高久茂『天耳』

火砕流ここまでとはるか阿蘇火山思ひて触れる露頭の軽石
　　　　桜川冴子『さくらカフェ本日開店』

たとえば火山。関東圏ならばその足元の土は火山灰由来のものがある。関東平野から見渡した範囲には富士・箱根があり、浅間があり、赤城があり、そういった山の噴火が話題になりやすいが、九州の火山の噴出物も東北あたりまで達している。「ここまで」と驚くようなところに火砕流堆積物が厚く堆積していたりする。

巨大な火山の噴火、近々来るという大地震や津波、気候変動による極端な気象、海水面の変動。さまざまな災害があり得る。想定されることについて、とくに最近はかなりリアルなシミュレーションを映像として見せられたりする。歴史的にしばしば経験していて、備えられることについては想定して備えなければならない。想定を超えたことには臨機応変に対応しなければならない。さらに巨大なできごとは考えずにやりすごすのが普通かもしれないが、これはSFを構想するときの基本的なプロットの一つでもある。小松左京『日本沈没』刊行時には絵空事として読まれたが、近年の大きな災害を思えば、実践的な思考実験のようでもある。

最後に、また少し違う作品を引いてみる。

何事か地異天変のあれかしと願はるるかなあぐみ果てては　柳原白蓮『踏絵』

花折《はなおれ》断層に因む災禍を待つこころ先割れスプンにタルトを崩す　近藤かすみ『花折断層』

単純な意味で「願ふ」とか「待つ」と読むべきではないだろう。それは深い絶望の表出であったりする。いつか来るということをリアルに示されれば示されるほど、来るならば来いと口走りたくなる場面はある。天地のあいだで、そのようにさまざまな感情を抱えて私たちは生きているのだ。

八田英夫ほか（２００１）「小幡篤次郎著『天変地異』全文紹介」鹿児島大学教育学部教育実践研究紀要12巻の翻刻による。

伊藤左千夫の散文は「青空文庫」を引用した。

（「短歌往来」二〇二〇年四月号）

全歌集で出会う

鉄道趣味の世界で、いくらか揶揄をこめて「葬式鉄」と呼ばれる人たちがいる。ある路線が廃止になるとき、ある車両が退役するときに、別れを惜しんで集まってくる人たちのことである。「最後の姿」をカメラに収めようとする。たくさん集まると、なかにはマナーの悪い者がいるのは、どの分野も似たようなものだが、そういう者が何人か集まると、歯止めが効かなくなる。危険なところに立ち入ったりして、そのことも迷惑だが、別れを惜しむというときに、いきいきとしてくるのはどういうことか。あたかも葬式に参列することを喜びにしているようではないか。葬式だとしたら、そこでぱちぱち写真を撮ってるのはどういうことか。揶揄というのは、そういうことでもある。

とはいえ、話題になるということは、それが存在していたことが知られるきっかけでもある。路線の廃止や老朽機の退役というのは、是非は別にして時代の変化である。話題にならなければ、気づかなかったかもしれない。

文学の世界でも、似たようなことはあって、いっとき活躍して、そののち忘れられていくような人のことを、訃報を機会に知ったり、思いだしたりする。大歌人であればもちろん、読み継がれてゆくわけだが、没後というタイミングで、やはり全歌業を振り返ることになる。懇切な追悼記事で、そのひとの概略が語られ、雑誌には追悼特集が組まれたりする。歌人の追悼特集ならば、ある程度まとまった数の歌が抄出される。そういうものを読みながら、はじめてその歌人に出会うということはあるだろう。

私にとって、そんなふうにして出会った歌人は、坪野哲久と上田三四二だった。

歌を作り始めたのは一九九〇年ごろ。上田三四二が亡くなったのは一九八九年、坪野哲久が亡くなったのは一九八八年であって、訃報に気づいたわけではない。はじめて手にした雑誌に何かそれについてのことが書いてあったかどうかも覚えていない。「追悼特集に衝撃をうけました」というようなことが書けたらいいのだが、残念ながらそういう記憶はない。

ただやはり、そのころ、しばしば言及されていたから、全歌集が出たことを知って、それを買ったのだった。読んでおかなければならないと思ったのだ。そしてまた、それは「買った」ということであって、その時に読んだわけではなかったりするのであるけれど。

それにしても、上田三四二はともかく（と言っていいのかどうか）、坪野哲久の全歌集を、いきなり買ったことには、ちょっとしたきっかけがある。

あるとき、私の作品を見たひとが、「坪野哲久に似ている」と言ったのだ。どこが似ているのか。名前が一字だけ重なるがそれか。晩年の写真の白鬚は、もしかしたら最近の私の白髪の多い髭面に通じるかもしれないが、それはむしろ、坪野哲久を意識してのことであったりする。作品のどこが似ているのか、さっぱりわからなかったが、そう言われると、読んでみたくなるものだ。

曼珠沙華のするどき象夢《かたち》にみしうちくだかれ
て秋ゆきぬべき　『桜』

高名な、こういった歌は、もちろん強く引き寄せられるものであり、やがて模倣をしてみたりもした。

曇天《どんてん》の海荒るるさまをゆめにみき没細部《ぼっさいぶ》なる
曇天あはれ　『留花門』

このあたりも「没細部」という言い回しに、いたく感じ入って愛誦しているもの。どちらも夢でありながら、おぼろげというのではなく強い印象をもっている。「没細部」とわざわざ言うことで、かえって雲の存在感が重くのしかかってくるようなのだ。こういう作品からも少しづつ学んできたわけだが、若い頃の私の作品が似ていたとは思えない。

初期作品はどうか。プロレタリア短歌時代の哲久をイメージしたか。もっとも、その人もそんなにたくさん読んでいるはずはなく、まず考えにくい。一般には低く評価される初期作品だが、それでも読んでみると、作品としてというのはともかく、（私には）面白い。

たとえばガス工事の現場の歌。

新宿の夜あけの街に今着いた東京市民の糞は
こぶ牛　『九月一日』
幾つもの牛の列を追ひぬく力朝の張りきつた
腕がぐんぐん車を引くのだ
牛さへ舌を出して歩くこの熱さに車引かされ
ちやおれたちも舌を出したくならあ
鍋の鉛《はんだ》はくたくた煮えてゐるクリップの用意
は出来たぞそら流しこめ！
あいつらのどてつ腹だと思へや鉄管のツギ目
に流しこむ鉛がぷすぷす煙をあげらあ

こういう作品。九十年前の東京を知っている人には、べつにどうということない風景かもしれない。九十年とは言わない。旧日本軍が軍馬を大陸に送ったことも知られているし、大都市の市中でも、戦後しばらくは、まだ牛馬や人力で物が運ばれていた。それでも、こういう作品と出会わないと、想像してみることもないのだ。近代的なガス供給という場面と結びつかないのだ。

ガス管の接続方法は、現代のそれがどうなっているのかも知らなかったが、金属管をつなぐのは、ネジとかパッキンではなく、溶接（蠟付）だった。現代の、耐震性に優れているというポリエチレン製のガス管は、継手部分に電熱線が入っていて、電圧をかけて熱で融着するらしい。なんでそんなことに興味をもつのかと言われるかもしれないが、そういう具体が、私の興味の向かうところなのだからしょうがない。

痛がゆいと思つてさわつてみれあ蟻ぢやなく
て汗が背中をすべりおちるのだ
『九月一日』

もうすこし一般的な、身体に感じる具体ならば、このあたり。汗が垂れるときの感じ。自然な口語（プロレタリア短歌には、わざとらしい、ことさらな口語が少なくない）で、現代の誰かの作品と言われても違和感はない。

読んでいて、やはり良いと思ったのは『桜』あるいは合同歌集『新風十人』あたり。

冬なればあぐらのなかに子を入れて灰書きす
なり灰の仮名書き
『桜』
昏れあかり小雪《こゆき》みだれうつ亜鉛屋根子に率《ひき》ゐ
られ生きの場《ば》熾《さか》る
むつかしき外面《そとおも》なるを跳びすがりなにな父よ
と子は泉《いづみ》なす
はは君の知らざる悦《たの》しみわれは持つ子をねぢ

ふせてほしいままにぞ

『桜』では、これらは「小童図」にまとめられているが、『新風十人』では引用一首めのみ「ひとりうたげ」（全体のタイトルでもある）の章にあった。『桜』に収めるにあたって、若干配列が変わっている。

火鉢のある生活というのが、まず懐かしい。懐かしいといっても、私の場合は祖父母の家はそうだったというぐらいの遠いものなのだが、それでも「あぐらのなかに子を入れて」というのは昔も今も変わらない。椅子の生活でも、膝の上の子と一緒に紙をひろげて何か描いてやるということはする。「すなり」は文法的には伝聞になるらしいが、ここは「するのだ」と解釈しておいていいだろう。

二首め、三首めは、子どもの存在が己を支えているということ。子どもがいるからこそ「生きの場る」のであり、困難の中で干からびてしまいそうになりながらも、「泉」で命をつなぐのである。これはたぶん、「子どもはかわいい」と言う一般論ではなくて、挫折や後退をよぎなくされているという場面が前提となる。そしてその前提は、程度の差はいろいろだとしても、作者だけのものではない。労働運動から後退し、治安維持法で検挙され、政治的なことについては沈黙を余儀なくされている。そういう前提はあるとして、人間が生きてゆく上で、どうにもならないことに心が折れそうになる。そんなときに、日常の小さなことを喜びにして、かろうじて耐えるということはあるわけであり、その足場として、こんなふうに歌をつくるということがあり得る。これらの作品に出会った当時、そこまでのことは思わなかったが、最近になって、むしろ身に沁みて思うのである。

それにしても、小さな子どもが身近にいる時代は短い。成長にともなって、自分の世界を持つようになるし、親の立場からは干渉せざるを得ない場面も出てくる。なかなかこういうふうに「熾」であったり「泉」であったりというばかりではないのだが、なにか原点のような感じで、子どもが小さかった時期を思い起こすことはある。そういうときに、これら作品が自然に思い返されたりするわけだ。

ほとんど忘れていたが、引用四首めの影響は、拙作「てぶくろのはんたいを言へとくりかへす子を抱へあげさかさにつるす」（『エウラキロン』所収）に濃厚だ。

そんなふうにして、折々、坪野哲久作品は私の傍らにあった。全歌集が出なければ、初期作品まで読むことはなかっただろう。

後世に歌を残す――というのは、秀歌を選んで他を捨てるというのではなく、後世の人が、自分の目で秀歌を発見できるようにするのが理想だ。労力はかかるが、追悼事業はそれを第一としてほしいものだ。

＊

余計なことを書くと、その時代の大歌人とされた人が亡くなったとき、みなさん競うように挽歌をつくって、あたかも挽歌大会の様相を呈することがある。もちろん、心のこもった挽歌というのもあるわけだが、故人との親しさを誇示するようであったりすると、ちょっといたたまれなくなってくる。挽歌とは、誰に向かってつくるものなのか。そんなことを考えたりもする。

（「六花」四号）

解説

観察・発見・描写（記録）への意志
——歌集『雨裂』書評

小高　賢

真中朋久という名前はずっと前から知っていた。吉川宏志さんとともに永田和宏さんからよく聞いていたからだ。吉川さんには時折お目にかかることがある。ところが真中さんとはその機会がなかなかない。そんなところに歌集が届いたのである。おかしな表現だが、これがあの真中さんかと、早速歌集を読みはじめた。そのうちに、「かの日吾を打ちし教師の沸騰を鍋見ることとくわれば見てゐつ」という一首に目が止まった。そして、「うーん」とうなった。

驚くべき冷静さ。そして観察の眼。これは困ったなと思った。私にはまるでない要素だからである。打たれれば必ずかっとする。沸騰するのはいつも自分の方だ。ついふざけるなと思ってしまう。ところが作者は対象としての教師をよく見ている。打たれながら、実は精神的に優位にたっている。おそらく教師はますます興奮するだろう。すると余計水のように冷静になる。

歌集『雨裂』の特色は、この一首に示されているように観察・発見・描写（記録）しようという精神の徹底さにある。そこがおもしろいのである。たとえばこのような作品をいう。

髭のある魚ゆつたりと水面を押しあげて来しが向きをかへたり

御陵《ごりょう》駅いでて御陵《みささぎ》の見えしとき媼あり立ち上がり車中より拝す

ひと気なき看護婦寮と思ひゐしが草生を分けて〈軽〉が入りゆく

ベビーカー押して校門に寄りゐたる姿がやがて歩みはじめつ

客室の木の椅子に莫蓙が敷かれありそのうへの三月《みつき》まへの女性誌

対岸の石のうへには大中小亀ありて小さきが

動きたり
夜半過ぎて降り出した雨を言ひながらタクシードライバーが釣銭をさぐる

作者の個性がここにはっきり出ている。まず彼は対象物に観察をつづける。これにはかなり粘着力が必要である。対岸に亀がいるなと思う。するとずっと眺める。おそらく斎藤茂吉の「ふゆ原《はら》に絵《ゑ》をかく男《をとこ》ひとり来《き》て動《うご》くけむりをかきはじめたり」「ガレージにトラックひとつ入らむとし少しためらひ入りて行きたり」といった方向にあるのだろう。そして小さい亀が動きだしたことを発見する。一首目なども同様で、魚への観察の眼が粘り強い。おそらく作者の姿勢と資質にちがいない。聞くところによると地球物理の出身で、かつ気象関係のお仕事をなさっているという。その出自と関係していると思われる。

　まず発見の可能性のある対象を見つける。そして観察。その上でプロセスをとことん描写（記録）しようとする。専門である学問の方法と短歌が通底している。また通底させたいと願っているのではないか。だからこそ二、三、四首目のような不思議な作品が生まれるのだ。

　媼が突然礼拝を始める。それも車中である。そして御陵駅を過ぎた付近であった。それは作者にとって、一首に向かわせるに十分なエネルギーなのだ。遭遇した発見があるからである。一回性のおもしろさを感じている。看護婦寮の作品も同様である。別に人けがなくても〈軽〉自動車は入っていくことがあるだろう。不思議ではない。しかし、作者は新鮮な印象を持つ。校門のそばのベビーカーもまったく同じだ。ありふれた光景かもしれない。しかし、その一瞬の変化が発見につながり、作者にとっての大きな興味になる。

　歌集のほとんどの作品は自分にとっての瞬間やプロセスのおもしろさが優先されている。当然ひとりよがりに陥る危険性がないわけではない。本人も予測している。しかし、まず断固として自分自身の関心を大事にしているのだ。それがないと、歌に対えないといわれんばかりである。いかにも自然科学者らしい態度ともいえる。タクシーの運転手への描写も粘り強い。

　観察・発見・描写（記録）。このように記してみると、「アララギ」――「塔」という系譜をつい考えがちである。しかし、むしろそれは真中の資質と方法ではないだろうか。その意味で個性的な歌集なのである。そういう作品は限りなくある。

　一方、『雨裂』には多様な素材・主題も目につく。それぞれがなかなか魅力的で、今度の展開を待っている印象が濃い。

傘の方うへふはふはと音させて降る雪の朝に耳たててゆく

誰がせし〈歌のわかれ〉か書き込みの多き歌集が箱で売らるる

敗戦処理投手のやうに引き継いでデスクのうへの灯をともしをり

子の旋毛のやうだと思ひもう一度細線にかへて台風を描く

疲労きはまりて眠るともなく横たはる背のうへを子は二度のりこえる

輪のなかへ入りゆきかけてふりかへり戻り来し子の手をとりぬ

　抒情的な傾向、職場・仕事詠、家族詠のなかの好きな作品を挙げてみた。先に述べた観察・発見・描写（記録）という方法意識はここでも発揮されている。と同時に第一歌集らしいういういしい気分が醸しだされていることを知る。しかもけっして大げさにうたわない。慎ましやかに、さりげないタッチ。気象予報などといえば、専門用語すら短歌になりやすいのではないか。特有の専門用語を駆使し、自らをアピールすることも出来るだろう。しかし、真中は濃く歌わないのである。

　家族においても同じである。いかにも家族ですというタッチを選択しない。じっと観察している。五、六首目など、いかにも作者らしい感じがする。ていねいに描写を重ねる。淡彩を丹念に重ねているといってもよい。近年の若手の「これでもか」といった技術主義もなければ、自分の存在を露骨に売り込もう意図もない。さりげない。好感がもてる理由である。

音楽にも造詣が深そうである（教会のオルガンを弾くというのだからすごい）。また最初、作品の意味がわからなかった「髪のなかに指さし入れてこはばりし兄の世代の耳洗ひをり」という作品もボランティア活動ということだと理解がとどく。そのほか、パソコンも強いと聞いている。多芸の歌人である。しかもその才をいたずらに誇ることなく、たんたんと歌っていることに作者のスケールの大きさを感じる。

おそらく作者の多彩な側面はいずれ、もっともっと大きく花ひらくにちがいない。新人としては落ち着いている歌集であるが、ふところが深い一冊であった。

（「塔」２００１・12）

短歌である理由

――歌集『雨裂』書評

河野美砂子

炎天を歩めば熱きぬばたまの地下足袋のさき
見つつゆくなる

散文にすると、「炎天下を歩くので熱くなっている黒い地下足袋の先を見ながら行くのです。」とでもなるだろうか。なんだかまことに味気ない。この歌は比較的初期のものらしいが、上の句から第四句にかけて、力強いが決して硬くない言葉の先に、「見つつゆくなる」と、やわらかくおさめられた呼吸、とでもいうようなものが第一の魅力であるだろう。特に、「見つつゆくなり」でなく「見つつゆくなる」が良い。とて豊かな声だ。

真中さんの歌の特徴は、その韻文性、あるいは声調の豊かなることがまず挙げられると思う。

古いものはみな過ぎ去りて歌はねばならぬおまへが歌ふのである

この歌は、意味がもうひとつよくわからない。写実も前衛もライトヴァースも皆過ぎてしまった今、歌うべきはほかでもない、お前自身だ、などと私は一応解釈してみたが。たぶん「歌はねばならぬ」で切れるのだろうが、これが第三句から第四句にかけての句跨りになっているために暴れが生じる。第二句で切れて、「歌はねばならぬおまへ」が「歌ふのである」とも読み取れて、旧かなの柔らかさの味とともに、歌にすると何か変でおもしろい。

いわゆる韻文性というのは格調の高さにも通じて、それが時としてある種のおかしみをさそうこともある。作者はおそらく意識していないだろうが。

射精するをとこをうつし映像は Pay Mode への移行うながす

これはホテルのTVで、料金を投入すると見ることのできるチャンネルの描写だろう。あのTVを「移行うながす」などとやるのに、なんだか茂吉のユーモアを思い出してしまった。「あたらしき妻の名を添へて届きたり友の賀状にしばし瞑目す」というのもあった。

真中さんの歌集を、仕事や現場の歌、あるいは相聞歌を含む境涯詠、または喩や見立てなどさまざまなレトリックを軸にして読むと、何か物足りない、という感想が時として出るかもしれない。が、それは作者が意思をもって選んでいるのであって、彼は感情をあらわにしたり、私生活を直接歌にすることに抗っているのだ。たとえば岡井隆の歌の、一言ではとても言いきれないがその豊かな韻律性と、見せ消ち、とでもいうべき韜晦術などに、真中さんは魅せられているのではないか。

薬液を dry-eyes に垂らしつつ冷えびえと稿

　を打ち直したり

夜、家族寝静まったころ、長く打っていた原稿に疲れて上を向く。乾いた眼にそれぞれ目薬をさす。一瞬の冷たさ。そして潤い。ひとまず稿を打ち終えたのだが、わかっている、夜深く冷えびえともう一度打ち直すのだ。

　あの独特の夜の感じ、焦りとも言えない、いつになったら終わりになるのか見当もつかず自分しかいないあの夜の深さを的確に伝えている。目薬ではなく薬液、乾いた眼でなく dry-eyes の言葉選びも適切だ。

　蛇の膚のつめたきがちからをこめながらわが
　手中よりのがれむとす

　柔らかい言葉運びにもかかわらずエネルギーが満ちている。内容、声調ともに茂吉の歌みたいだ。

　真中さんは三十歳代だが、口語を使うことが少ない。ひたすら自分の信じる道を行くふうである。私はそこに何か太いものを感じる。

（「塔」２００１・12）

懐かしさの芯にあるもの

――歌集『エウラキロン』

大松達知

『エウラキロン』には、ストイックな《思想》の断片が散りばめられている。それらは、ちょっとシュールで哲学的な内容に傾きながらも、どうしても記しておかなければならなかったと思わせるものなのだ。たとえば、

・頭のうへに雷ほとばしりつつありにけり天罰といふことを思ふな

・ひとを抱きたましひを抱かぬさびしさもあるべしその逆もあるべし

・己が肉の痛みは世界の中心にあるなればわれは身を折る

・動悸して目覚めたりけり徴兵をのがれむとして飛び降りしのち

・ひとのかたちして寄り来たるさびしさにわたくしが何のかかはりのある

それぞれ、周辺の具体状況が一切なくても、それだけで屹立した詩を構成している。一首目では、雷から自分への天罰を連想し、同時にその考えを恐れ、必死に打ち消そうとする。その瞬間には、過去の人生の中での天罰に値することを検索するような怖さもある。二首目は、下句で「あるべし」と二度も言いながらも、腰砕けのような破調にしているところが、言い切れない思いを残していて、真実味がある。三首目の字足らずにも、その時の自分の頼りなさや身体の萎縮する感覚が出ている。四首目は脅迫観念の吐露であるが、あっさりとした詠み口がかえって平穏な日常の中の暗闇の存在を暗示していて不気味である。そして、五首目は、人々の裡の感情を機敏に察知した瞬間のおののきがある。それぞれ、ちょっと怖くて本音にあふれた佳作だと思う。

・南米からはこばれて来しグアノなり吉野山中の土を養ふ
・午前十時までに来よてふメール来て電話来て時刻表を繰りゐつ

『雨裂』の印象を鮮明にしていた職場詠が目立たないのは惜しい。というより、一般に説明しやすい職場でなくなったのだろう。その中で、グアノ（ペルー産鳥糞）、つまり移動自由な者の糞、を輸入し、（おそらく）桜の堆肥にする、という事実で押す歌、朝の職場のあわただしさを描写した歌はとてもいいと思う。

口幅ったいのだが、『エウラキロン』で気になったのは、背景が消されていて、状況がわかりづらい歌が多かったことだ。これは冒頭に述べたことの裏返しになるかもしれない。ただ、読者としては、思い出の場所や出張先などの具体名を明示してもらったほうが歌に入り込み易い。たとえば、「涸谷」と「海月」の

・ゆるき坂のむかうは暗き海面か灯火まみれの護衛艦見ゆ
・潮汐の河口にかく及べるを朝《あした》見て夕べは見ずに過ぎにき

などは、一首づつはきちんと描写されていていい歌なのだけれど、一連として読んでも場所の推定ができなくて、隔靴掻痒とでもいうような読後感があった。他にも「谷地田をわたる」「段丘崖」などの連作に言える。読者は普遍的な状況を楽しむべきかもしれない。しかし、ドラマ性だけで読ませるにはやや淡白で感傷的だ。詞書などの具体性の助けがあれば、相乗作用によって、歌の力が数倍も増すのになあ、と感じたのである。

さて、大きな良さのもう一つは、子供を詠んだ歌にある。

・子がこゑに読むをし聞けばかな多きわが恋歌

の下書きなりき

- 桃缶に缶切りの刃を入れしときわらわらと子らが寄りて来にけり
- 子どもらのしりとりのこゑあらうことか「とんび」のあとに「貧乏」が来る
- ほつほつと文字をたどつて声にする読めぬ漢字は「なんとか」などと

それぞれ、子供の姿が活写されている。そして、父としてのはにかみや悦びがとても素直に出ている。子どもの自然な勢いをそのまま転写した良さである。子どもたちが屈託なく文字を読み、言葉で遊び、甘味に集まる姿は、なんと幸福なことか。そのまま歌にするには躊躇したかもしれない。しかし、自然体の良さに勝るものはないと証明するのがこれらの歌だ。「あらうことか」と言いながらも、そのリズム（ちょっと河野裕子さんっぽいが）には、驚きはあっても湿った感じはない。また、われわれも通過した、読めない漢字が多かった時期の初々しさにも、子どもの成長の過程を感じ取っているのだ。と同時に〈いくらかは熱下がりたるらしき子が暗き部屋に鈴なしをり〉にあるような、子ども寂しさを感知する様子の描写も巧みで良いと思った。

他に、〈記憶〉に材をとった歌にもいい歌が多かった。

- 火事のさなかに爆ぜる楽器を見しことの音なき記憶になりて久しき
- かの日わが炊きた粥をすすりゐし唇なりそこに閉ぢられてあり
- 肩を抱くときのまの掌にありにけるほのあたたかさ夜半に思へば

一首目はすごい光景だったろう。（できれば、ピアノ、とかバイオリンとか特定の名前があると助かるのだが。）楽器は最後の力を振り絞って鳴っただろう。その音とともに在った楽器の苦しみが、いつのまにか消えてしまった寂しさは、とりかえしのつかない過去への惜別とでも言おうか。二首目は挽歌である。相手は不明だが、唇という部分から死者の過去を追懐するのは生々しくて痛切である。三首目も体の部位の記憶である。肉体の記憶は視聴覚の記憶を軽く跳び越えて、心に深く棲みつく。

歌集全体に、ある〈懐かしさ〉が満ちている。それは、著者の頭でなく身体に蓄えられた感覚が、外部の触媒と接したときに、ぽつりぽつりと染み出してくるものなのだろう。

他にうまく分類できないがいいと思う歌を挙げる。

・口笛はいつしかワルシャワ労働歌階下の主婦が水を使ひつつ
・ゆふやみの阪神高速神戸線長田を過ぎて前照灯ともす
・南島の火酒ちろちろとそそがれてやがてわが裡の熾が動ける
・街灯のほかに灯火の見えざれば今し県境を越えるころなり

一首目。その東欧労働歌を著者は知っている。外部との一点のつながりの不思議さである。二首目は、点灯する時間と場所の偶然の組み合わせを大切に記述する。三首目の「熾が動ける」は、上句の細やかなリズムと呼応していて、見事な比喩である。四首目では、日本各地を走り回ってよく知っている人ならではの歌だ。見えない県境を、それも暗闇の中に見てしまうすごさだ。

それぞれ、ひっそりした中に芯の強さが感じ取れる歌である。次の歌集でどのように深化しゆくかますます楽しみである。


（「塔」２０１４・12）

真中朋久歌集　　現代短歌文庫第159回配本

2021年10月14日　初版発行

著　者　真　中　朋　久
発行者　田　村　雅　之
発行所　砂　子　屋　書　房
〒101-0047 東京都千代田区内神田3-4-7
電話　03－3256－4708
Fax　03－3256－4707
振替　00130－2－97631
http://www.sunagoya.com
装本・三嶋典東

現代短歌文庫

（　）は解説文の筆者

①三枝浩樹歌集
『朝の歌』全篇
②佐藤通雅歌集（細井剛）
『薄明の谷』全篇
③高野公彦歌集（河野裕子・坂井修一）
『汽水の光』全篇
④三枝昻之歌集（山中智恵子・小高賢）
『水の覇権』全篇
⑤阿木津英歌集（笠原伸夫・岡井隆）
『紫木蓮まで・風舌』全篇
⑥伊藤一彦歌集（塚本邦雄・岩田正）
『瞑鳥記』全篇
⑦小池光歌集（大辻隆弘・川野里子）
『バルサの翼』『廃駅』全篇
⑧石田比呂志歌集（玉城徹・岡井隆他）
『無用の歌』全篇
⑨永田和宏歌集（高安国世・吉川宏志）
『メビウスの地平』全篇
⑩河野裕子歌集（馬場あき子・坪内稔典他）
『森のやうに獣のやうに』『ひるがほ』全篇
⑪大島史洋歌集（田中佳宏・岡井隆）
『藍を走るべし』全篇
⑫雨宮雅子歌集（春日井建・田村雅之他）
『悲神』全篇
⑬稲葉京子歌集（松永伍一・水原紫苑）
『ガラスの檻』全篇
⑭時田則雄歌集（大金義昭・大塚陽子）
『北方論』全篇
⑮蒔田さくら子歌集（後藤直二・中地俊夫）
『森見ゆる窓』全篇
⑯大塚陽子歌集（伊藤一彦・菱川善夫）
『遠花火』『酔芙蓉』全篇
⑰百々登美子歌集（桶谷秀昭・原田禹雄）
『盲目木馬』全篇
⑱岡井隆歌集（加藤治郎・山田富士郎他）
『鵞卵亭』『人生の視える場所』全篇
⑲玉井清弘歌集（小高賢）
『久露』全篇
⑳小高賢歌集（馬場あき子・日高堯子他）
『耳の伝説』『家長』全篇
㉑佐竹彌生歌集（安永蕗子・馬場あき子他）
『天の螢』全篇
㉒太田一郎歌集（いいだもも・佐伯裕子他）
『墳』『蝕』『獵』全篇

現代短歌文庫

（　）は解説文の筆者

㉓春日真木子歌集（北沢郁子・田井安曇他）
『野菜涅槃図』全篇

㉔道浦母都子歌集（大原富枝・岡井隆）
『無援の抒情』『水憂』『ゆうすげ』全篇

㉕山中智恵子歌集（吉本隆明・塚本邦雄他）
『夢之記』全篇

㉖久々湊盈子歌集（小島ゆかり・樋口覚他）
『黒鍵』全篇

㉗藤原龍一郎歌集（小池光・三枝昂之他）
『夢みる頃を過ぎても』『東京哀傷歌』全篇

㉘花山多佳子歌集（永田和宏・小池光他）
『樹の下の椅子』『楕円の実』全篇

㉙佐伯裕子歌集（阿木津英・三枝昂之他）
『未完の手紙』全篇

㉚島田修三歌集（筒井康隆・塚本邦雄他）
『晴朗悲歌集』全篇

㉛河野愛子歌集（近藤芳美・中川佐和子他）
『黒羅』『夜は流れる』『光ある中に』（抄）他

㉜松坂弘歌集（塚本邦雄・由良琢郎他）
『春の雷鳴』全篇

㉝日高堯子歌集（佐伯裕子・玉井清弘他）
『野の扉』全篇

㉞沖ななも歌集（山下雅人・玉城徹他）
『衣裳哲学』『機知の足首』全篇

㉟続・小池光歌集（河野美砂子・小澤正邦）
『日々の思い出』『草の庭』全篇

㊱続・伊藤一彦歌集（築地正子・渡辺松男）
『青の風土記』『海号の歌』全篇

㊲北沢郁子歌集（森山晴美・富小路禎子）
『その人を知らず』を含む十五歌集抄

㊳栗木京子歌集（馬場あき子・永田和宏他）
『水惑星』『中庭』全篇

㊴外塚喬歌集（吉野昌夫・今井恵子他）
『喬木』全篇

㊵今野寿美歌集（藤井貞和・久々湊盈子他）
『世紀末の桃』全篇

㊶来嶋靖生歌集（篠弘・志垣澄幸他）
『笛』『雷』全篇

㊷三井修歌集（池田はるみ・沢口芙美他）
『砂の詩学』全篇

㊸田井安曇歌集（清水房雄・村永大和他）
『木や旗や魚らの夜に歌った歌』全篇

㊹森山晴美歌集（島田修二・水野昌雄他）
『グレコの唄』全篇

現代短歌文庫

（　）は解説文の筆者

㊺上野久雄歌集（吉川宏志・山田富士郎他）
『夕鮎』抄、『バラ園と鼻』抄他

㊻山本かね子歌集（蒔田さくら子・久々湊盈子他）
『ものどらま』を含む九歌集抄

㊼松平盟子歌集（米川千嘉子・坪内稔典他）
『青夜』『シュガー』全篇

㊽大辻隆弘歌集（小林久美子・中山明他）
『水廊』『抱擁韻』全篇

㊾秋山佐和子歌集（外塚喬・一ノ関忠人他）
『羊皮紙の花』全篇

㊿西勝洋一歌集（藤原龍一郎・大塚陽子他）
『コクトーの声』全篇

51青井史歌集（小高賢・玉井清弘他）
『月の食卓』全篇

52加藤治郎歌集（永田和宏・米川千嘉子他）
『昏睡のパラダイス』『ハレアカラ』全篇

53秋葉四郎歌集（今西幹一・香川哲三）
『極光―オーロラ』全篇

54奥村晃作歌集（穂村弘・小池光他）
『鴇色の足』全篇

55春日井建歌集（佐佐木幸綱・浅井愼平他）
『友の書』全篇

56小中英之歌集（岡井隆・山中智恵子他）
『わがからんどりえ』『翼鏡』全篇

57山田富士郎歌集（島田幸典・小池光他）
『アビー・ロードを夢みて』『羚羊譚』全篇

58続・永田和宏歌集（岡井隆・河野裕子他）
『華氏』『饗庭』全篇

59坂井修一歌集（伊藤一彦・谷岡亜紀他）
『群青層』『スピリチュアル』全篇

60尾崎左永子歌集（伊藤一彦・栗木京子他）
『彩紅帖』全篇『さるびあ街』（抄）他

61続・尾崎左永子歌集（篠弘・大辻隆弘他）
『春雪ふたたび』『星座空間』全篇

62続・花山多佳子歌集（なみの亜子）
『草舟』『空合』全篇

63山埜井喜美枝歌集（菱川善夫・花山多佳子他）
『はらりさん』全篇

64久我田鶴子歌集（高野公彦・小守有里他）
『転生前夜』全篇

65続々・小池光歌集
『時のめぐりに』『滴滴集』全篇

66田谷鋭歌集（安立スハル・宮英子他）
『水晶の座』全篇

現代短歌文庫

（　）は解説文の筆者

⑥⑦今井恵子歌集（佐伯裕子・内藤明他）
『分散和音』全篇

⑥⑧続・時田則雄歌集（栗木京子・大金義昭）
『夢のつづき』『ペルシュロン』全篇

⑥⑨辺見じゅん歌集（馬場あき子・飯田龍太他）
『水祭りの桟橋』『闇の祝祭』全篇

⑦⓪続・河野裕子歌集
『家』全篇、『体力』『歩く』抄

⑦①続・石田比呂志歌集
『孑孑』『忘八』『涙壺』『老猿』『春灯』抄

⑦②志垣澄幸歌集（佐藤通雅・佐佐木幸綱）
『空壜のある風景』全篇

⑦③古谷智子歌集（来嶋靖生・小高賢他）
『神の痛みの神学のオブリガード』全篇

⑦④大河原惇行歌集（田井安曇・玉城徹他）
未刊歌集『昼の花火』全篇

⑦⑤前川緑歌集（保田與重郎）
『みどり抄』全篇、『麥穂』抄

⑦⑥小柳素子歌集（来嶋靖生・小高賢他）
『獅子の眼』全篇

⑦⑦浜名理香歌集（小池光・河野裕子）
『月兎』全篇

⑦⑧五所美子歌集（北尾勲・島田幸典他）
『天姥』全篇

⑦⑨沢口芙美歌集（武川忠一・鈴木竹志他）
『フェベ』全篇

⑧⓪中川佐和子歌集（内藤明・藤原龍一郎他）
『霧笛橋』全篇

⑧①斎藤すみ子歌集（菱川善夫・今野寿美他）
『遊楽』全篇

⑧②長澤ちづ歌集（大島史洋・須藤若江他）
『海の角笛』全篇

⑧③池本一郎歌集（森山晴美・花山多佳子）
『未明の翼』全篇

⑧④小林幸子歌集（小中英之・小池光他）
『枇杷のひかり』全篇

⑧⑤佐波洋子歌集（馬場あき子・小池光他）
『光をわけて』全篇

⑧⑥続・三枝浩樹歌集（雨宮雅子・里見佳保他）
『みどりの揺籃』『歩行者』全篇

⑧⑦続・久々湊盈子歌集（小林幸子・吉川宏志他）
『あらばしり』『鬼龍子』全篇

⑧⑧千々和久幸歌集（山本哲也・後藤直二他）
『火時計』全篇

現代短歌文庫

（　）は解説文の筆者

89 田村広志歌集（渡辺幸一・前登志夫他）
『島山』全篇

90 入野早代子歌集（春日井建・栗木京子他）
『花凪』全篇

91 米川千嘉子歌集（日高堯子・川野里子他）
『夏空の櫂』『一夏』全篇

92 続・米川千嘉子歌集（栗木京子・馬場あき子他）
『たましひに着る服なくて』『一葉の井戸』全篇

93 桑原正紀歌集（吉川宏志・木畑紀子他）
『妻へ。千年待たむ』全篇

94 稲葉峯子歌集（岡井隆・美濃和哥他）
『杉並まで』全篇

95 松平修文歌集（小池光・加藤英彦他）
『水村』全篇

96 米口實歌集（大辻隆弘・中津昌子他）
『ソシュールの春』全篇

97 落合けい子歌集（栗木京子・香川ヒサ他）
『じゃがいもの歌』全篇

98 上村典子歌集（武川忠一・小池光他）
『草上のカヌー』全篇

99 三井ゆき歌集（山田富士郎・遠山景一他）
『能登往還』全篇

100 佐佐木幸綱歌集（伊藤一彦・谷岡亜紀他）
『アニマ』全篇

101 西村美佐子歌集（坂野信彦・黒瀬珂瀾他）
『猫の舌』全篇

102 綾部光芳歌集（小池光・大西民子他）
『水晶の馬』『希望園』全篇

103 金子貞雄歌集（津川洋三・大河原惇行他）
『邑城の歌が聞こえる』全篇

104 続・藤原龍一郎歌集（栗木京子・香川ヒサ他）
『嘆きの花園』『19××』全篇

105 遠役らく子歌集（中野菊夫・水野昌雄他）
『白馬』全篇

106 小黒世茂歌集（山中智恵子・古橋信孝他）
『猿女』全篇

107 光本恵子歌集（疋田和男・水野昌雄）
『薄氷』全篇

108 雁部貞夫歌集（堺桜子・本多稜）
『崑崙行』抄

109 中根誠歌集（来嶋靖生・大島史洋雄他）
『境界』全篇

110 小島ゆかり歌集（山下雅人・坂井修一他）
『希望』全篇

現代短歌文庫

（　）は解説文の筆者

⑪木村雅子歌集（来嶋靖生・小島ゆかり他）
『星のかけら』全篇

⑫藤井常世歌集（菱川善夫・森山晴美他）
『氷の貌』全篇

⑬続々・河野裕子歌集
『季の栞』『庭』全篇

⑭大野道夫歌集（佐佐木幸綱・田中綾他）
『春吾秋蟬』全篇

⑮池田はるみ歌集（岡井隆・林和清他）
『妣が国大阪』全篇

⑯続・三井修歌集（中津昌子・柳宣宏他）
『風紋の島』全篇

⑰王紅花歌集（福島泰樹・加藤英彦他）
『夏暦』全篇

⑱春日いづみ歌集（三枝昂之・栗木京子他）
『アダムの肌色』全篇

⑲桜井登世子歌集（小高賢・小池光他）
『夏の落葉』全篇

⑳小見山輝歌集（山田富士郎・渡辺護他）
『春傷歌』全篇

㉑源陽子歌集（小池光・黒木三千代他）
『透過光線』全篇

㉒中野昭子歌集（花山多佳子・香川ヒサ他）
『草の海』全篇

㉓有沢螢歌集（小池光・斉藤斎藤他）
『ありすの杜へ』全篇

㉔森岡貞香歌集
『白蛾』『珊瑚數珠』『百乳文』全篇

㉕桜川冴子歌集（小島ゆかり・栗木京子他）
『月人壮子』全篇

㉖柴田典昭歌集（小笠原和幸・井野佐登他）
『樹下逍遙』全篇

㉗続・森岡貞香歌集
『黛樹』『夏至』『敷妙』全篇

㉘角倉羊子歌集（小池光・小島ゆかり）
『テレマンの笛』全篇

㉙前川佐重郎歌集（喜多弘樹・松平修文他）
『彗星紀』全篇

㉚続・坂井修一歌集（栗木京子・内藤明他）
『ラビュリントスの日々』『ジャックの種子』全篇

㉛新選・小池光歌集
『静物』『山鳩集』全篇

㉜尾崎まゆみ歌集（馬場あき子・岡井隆他）
『微熱海域』『真珠鎖骨』全篇

現代短歌文庫

（　）は解説文の筆者

133 続々・花山多佳子歌集（小池光・澤村斉美）
『春疾風』『木香薔薇』全篇

134 続・春日真木子歌集（渡辺松男・三枝昻之他）
『水の夢』全篇

135 吉川宏志歌集（小池光・永田和宏他）
『夜光』『海雨』全篇

136 岩田記未子歌集（安田章生・長沢美津他）
『日月の譜』を含む七歌集抄

137 糸川雅子歌集（武川忠一・内藤明他）
『水螢』全篇

138 梶原さい子歌集（清水哲男・花山多佳子他）
『リアス／椿』全篇

139 前田康子歌集（河野裕子・松村由利子他）
『色水』全篇

140 内藤明歌集（坂井修一・山田富士郎他）
『海界の雲』『斧と勾玉』全篇

141 続・内藤明歌集（島田修三・三枝浩樹他）
『夾竹桃と葱坊主』『虚空の橋』全篇

142 小川佳世子歌集（岡井隆・大口玲子他）
『ゆきふる』全篇

143 髙橋みずほ歌集（針生一郎・東郷雄二他）
『フルヘッヘンド』全篇

144 恒成美代子歌集（大辻隆弘・久々湊盈子他）
『ひかり凪』全篇

145 続・道浦母都子歌集（新海あぐり）
『風の婚』全篇

146 小西久二郎歌集（香川進・玉城徹他）
『湖に墓標を』全篇

147 林和清歌集（岩尾淳子・大森静佳他）
『木に縁りて魚を求めよ』全篇

148 続・中川佐和子歌集（日高堯子・酒井佐忠他）
『春の野に鏡を置けば』『花桃の木だから』全篇

149 谷岡亜紀歌集（佐佐木幸綱・菱川善夫他）
『臨界』抄、『闇市』抄、他

150 前川斎子歌集（江田浩司・渡英子他）
『斎庭』『逆髪』全篇

151 石井辰彦歌集
『七竈』『墓』全篇、『バスハウス』抄、他

152 伝田幸子歌集（岡井隆・波汐國芳他）
『蔵草子』全篇、他

153 宮本永子歌集（林安一・三井ゆき他）
『鶸に来る鳥』『雲の歌』全篇

154 本田一弘歌集（小池光・和合亮一他）
『磐梯』『あらがね』全篇

現代短歌文庫

（　）は解説文の筆者

⑮⑤富田豊子歌集（小中英之・大岡信他）
『漂鳥』『薊野』全篇
⑮⑥小林幹也歌集（和田大象・吉川宏志他）
『裸子植物』全篇
⑮⑦丸山三枝子歌集（千々和久幸・村島典子他）
『街路』全篇
⑮⑧青木春枝歌集（来嶋靖生・森山晴美他）
『草紅葉』全篇
⑮⑨真中朋久歌集（河野美砂子・大松達知他）
『雨裂』『エウラキロン』全篇

（以下続刊）
水原紫苑歌集　篠弘歌集
馬場あき子歌集　黒木三千代歌集